LA FORCE DÉCUPLÉE DES PERDANTS

DU MÊME AUTEUR

Sous le compost, Fleuve Éditions, 2017 ; HarperCollins Poche, 2020

La Science de l'esquive, HarperCollins, 2020 ; HarperCollins Poche, 2021

NICOLAS MALESKI

LA FORCE DÉCUPLÉE DES PERDANTS

ROMAN

Harper Collins
TRAVERSÉE

Le titre du livre est un vers de « Comme un Lego », morceau extrait de l'album *Manitoba ne répond plus* (2008), Parlophone. Avec l'aimable autorisation de Gérard Manset, 18 août 2021.

HARPERCOLLINS FRANCE
83-85, boulevard Vincent-Auriol, 75646 PARIS CEDEX 13
Tél. : 01 42 16 63 63

www.harpercollins.fr

ISBN 979-1-0339-0844-9 — ISSN 2724-9972

À Marie, pour le titre, et tout le reste.

Je sortais du lit de Shannon Lebeuf. Elle m'observait renfiler mon bleu de travail, les bras croisés sous la nuque, le drap remonté sur la poitrine, puis je trouvai mon T-shirt parmi les vêtements éparpillés au sol. Sa chambre sentait la bougie parfumée.

C'était un mardi soir, fin octobre. Des nuages de chaleur écrasaient Carsonville. Sur le trottoir, je regagnai ma camionnette d'intervention garée deux rues plus loin. Le chef m'avait laissé un message nerveux sur le répondeur. Il était huit heures environ, l'heure d'aller retrouver mes copains dans un bar sur Indépendance. Ça bouchonnait entre les feux rouges, dans le lointain hurlaient des sirènes. Les flics m'avaient retiré mon permis l'été dernier, pour deux bières de trop, mais ça ne me dissuadait pas de conduire – de toute façon je n'avais pas le choix avec mon boulot.

« Jeff ! C'est à cette heure-là que tu débauches ? »

Rick m'apostrophait du comptoir tandis qu'ils étaient déjà installés, David et lui, tout à leur passion de parler commerce : fréquentation, chiffre d'affaires... David Dalen faisait prospérer le grand magasin de sport en périphérie, ça marchait fort pour lui ; Richard Rust tenait une supérette du centre avec sa femme.

« Eh, je suis pas un patron, moi. Je vous signale qu'on me force à tirer mes journées jusqu'au bout...

— Ouais, quand tu les termines pas dans le lit d'une cliente..., lâcha Dalen, avec son art de la divination.

— Vous vous êtes mal débrouillés, c'est tout. Vous êtes là à attendre que les filles entrent dans vos magasins. Alors que moi elles m'appellent pour que je vienne chez elles... Trêve de plaisanterie, qui c'est qui paye son coup ? »

On avait l'habitude de se distraire un peu comme ça, lorsque l'occasion se présentait. Cannizzio arriva dans la foulée, alors que le barman nous tirait des pintes de Carson. Plus jeunes, on avait bien déconné tous les quatre au lycée. On n'avait pas perdu beaucoup de temps à réviser nos matières. C'était surtout à cause du hockey qu'ils nous avaient gardés jusqu'à la fin, en dépit de notre penchant à expédier des coups de poing sur les patinoires. On avait encore nos photos dans plusieurs bars de la ville pour avoir remporté deux fois la ligue universitaire, des portraits qui commençaient à jaunir dans leurs cadres, comme ici au-dessus du comptoir, avec un lynx bondissant brodé sur l'écharpe du club.

Plus tard, Cannizzio et moi avions traversé la ville à bord de la camionnette jusqu'au parking de l'atelier. L'endroit paraissait désert. La lumière d'un lampadaire venait mourir sur les gravillons, là où mon break attendait, carrosserie marron métallisé avec deux bandes noires sur le capot. On a laissé filer cinq minutes, vitres ouvertes. Fred ne parlait pas, gueule abîmée d'ex-bagarreur, cheveux peignés en arrière. Rien ne bougeait dans la zone artisanale, si ce n'est un chien au loin, qui aboyait derrière un grillage, trois notes répétées comme un disque rayé. J'avais les clés de derrière, le code de l'alarme, je connaissais assez les lieux pour m'orienter à l'aveugle. Et je savais où trouver ce que nous étions venus subtiliser.

Fred et moi avons transporté la chaudière à bout de bras jusqu'au break, sous les hurlements du chien qui glaçaient l'ambiance. La carcasse blanche était déjà dans le coffre, cachée sous une couverture, lorsqu'une voiture s'annonça, pinceau stupéfiant des phares, bruit de moteur qui se dissipait dans une rue adjacente.

Basta, nous n'avons pas demandé notre reste.

Chez moi, je n'allumai pas les lampes. Assis sur le canapé à fourrure synthétique, je goûtais le relâchement corporel et mental, je m'enfournais un soda en gorgées lentes, les pieds sur le bar à roulettes dont je me servais pour manger, devant la télé la plupart du temps.

J'habitais la dernière maison sur les hauteurs, un quartier nommé Palissade. Une baraque avec un toit monopente, sur deux niveaux, j'occupais l'étage, le loyer n'était pas cher. J'avais trouvé ce meublé des années plus tôt dans le *Carson-Matin*, j'avais sauté sur l'occasion. Par la baie vitrée, la rumeur urbaine se propageait jusqu'au salon, distordue par les échos et la distance, deux ou trois accords assourdis comme une bande sonore étrange. Du balcon, la vue plongeait sur la métropole aussi loin que l'œil portait. Au centre, la Corne de Vache se détachait des ténèbres, proéminence rocheuse dont la silhouette pesait comme une idole au-dessus du lac. C'est sur ces rives que les pionniers, trappeurs et autres négociants de peaux avaient jadis planté leurs tentes, puis créé la cité comme au fond d'une assiette creuse.

D'un instant à l'autre, j'allais me poster devant mon pupitre à dessin. Je m'étais fabriqué cette console des années plus tôt, sur laquelle je reproduisais la ville en perspective, multipliant les points de fuite. Ça m'allait de tuer les heures à dessiner les centaines d'immeubles et de maisons, les dizaines de rues, à consigner la moindre fenêtre, la moindre corniche.

À part ça, je vivais seul. Les jours ouvrés, j'installais des climatiseurs pour le compte de Vidal et fils. Nous n'étions pas trop de quinze dépanneurs à patrouiller dans nos camionnettes jaune citron.

Ces jours-ci, j'avais eu pas mal d'urgences. La semaine avait commencé par un dégât des eaux chez des retraités dans les collines, et le vieux était resté penché sur mon épaule tout du long. Ce que le grand public ignore trop souvent, c'est que les plombiers ne demandent rien de mieux qu'à travailler sans personne sur leur dos. À la fin, je dus quasiment lui arracher les billets des doigts avant de reprendre mon odyssée dans ma fourgonnette, direction Nueva Carson où m'attendait un chauffe-eau en panne. J'improvisai une intervention entre deux climatiseurs, la fille était gentille, pas chiante. On avait besoin de moi à l'autre bout de la ville, mais je traînais, donnant tout le temps à mon café de refroidir avant de l'ingérer à petites gorgées. Tant que j'étais là, j'examinai son lave-linge qui lui causait du mouron ; je parvins à déverrouiller le hublot en démontant le couvercle, contrôlai quelques fonctions puis lançai un essorage, le tour était joué.

Dans tout ça, j'avais réussi à me dégager un créneau pour poser la chaudière des Cannizzio. Fidèle à sa dégaine de bûcheron, Fred portait un jean troué et un débardeur pas net. Gamins, on avait tous œuvré dans les scieries du coin ; c'était un boulot physique et pénible, qui consistait surtout à manipuler des troncs dans le bruit et la poussière, ce qui convenait à merveille à des gars de dix-sept ans pleins de santé. Je gardais de bons souvenirs de ce temps-là, on n'avait pas beaucoup de soucis, on avait de la hardiesse à revendre. Fred continuait d'y travailler, contre un traitement proche du salaire minimum, ce qui l'incitait à se procurer des à-côtés entre deux fiches de paye. Des prestations pas toujours licites, qui rémunéraient en liquide : chantiers au black, recouvrement, exactions mineures. Il pensait à moi quand il avait des plans.

Après la chaudière, il avait préparé des cheeseburgers et une purée de haricots noirs. En avalant sa pitance, il me racontait les potins de la scierie, avec son air éternel de mec mal réveillé. Je le trouvais bizarre en ce moment, d'une anxiété extravagante, qui n'empêchait pas des éclairs d'allégresse. Je ne connaissais pas de créature plus ténébreuse que lui, et voilà que le prénom d'une fille revenait pour la deuxième fois dans sa conversation, sur un ton qui se voulait incident. Je ne savais rien de cette Joanna, mais ça ne présageait rien de bon.

« Au fait, j'ai un truc. C'est un boulot marrant. Remarque, pas tellement, mais ça paye bien. Il faut juste mettre le bordel dans un appartement. On frappe à la porte, si ça répond on dit qu'on s'est gourés. Sinon, on secoue les placards, on renverse les meubles et les tiroirs. Deux minutes et on repart. »

En sortant de chez Rachel et Fred, je vins m'engluer dans le trafic de Pin-Bleu, la quatre-voies qui longeait la zone commerciale. J'accusais plus d'une heure de retard sur le planning, mon téléphone n'arrêtait pas de sonner sans que je réponde. On m'attendait dans le centre-ville, et cependant je pris la décision à peine consciente de bifurquer à l'opposé, enchaînant les petites routes à fleur de pente en rive nord.

J'aimais conduire comme ça, sans but, c'est au volant que j'arrivais le mieux à penser. Penser à quoi ? Rien au juste. Les idées affluaient à mon cerveau mais j'en perdais le fil, ne m'efforçant pas de les considérer jusqu'au bout. J'avais doublé la cascade de Pin-Bleu, et j'émergeai de la transe au col du Cavalier-Blessé, tirant brutalement le frein à main sur le bas-côté. Tout en bas, la ville tremblait sous la chaleur, comme s'il s'agissait de son propre reflet à la surface du lac. Des grappes de parapentes pendaient dans le ciel, avec les collines des Kitzbull à l'ouest et la chaîne des Rocafrias tout droit en fond d'écran. L'immensité désertique accréditait la sensation que nous appartenions à un clan reculé. Ce décor à la beauté sauvage donnait envie de croire que tout était possible. Pourtant je doutais d'être le héros de ma vie, mon destin continuait d'être ce cheval fou que je ne chevauchais jamais.

Ou peut-être que j'étais très fort pour donner de l'importance à des choses qui n'en avaient pas.

J'achetais toutes mes fournitures chez les Rust, j'avais un compte ouvert, des facilités de paiement et le don pour toujours me radiner cinq minutes avant la fermeture. Ce soir-là, j'avais déboîté par la supérette alors que Richard baissait le rideau, et après une tournée express dans les travées, je lui proposai de sceller le sort d'une canette sur le trottoir.

« Monte plutôt boire un verre, ça fera plaisir à Myriam.

— Tu plaisantes ?

— Non, l'autre jour elle me disait qu'elle t'avait pas vu depuis un bail. »

Leur logement se trouvait au-dessus de l'épicerie, sinistre enfilade de pièces.

« Tu sais qu'elle veut nous faire porter des bonnets rouges pour les fêtes ? Elle voudrait qu'on bosse avec ça. J'ai pas eu l'occasion de lui expliquer mais ses bonnets elle peut se les carrer où je pense… »

Tout le monde savait qu'il finirait avec son bonnet sur le crâne, aussi c'est en vain que je l'encourageai à ne pas céder aux lubies ridicules de sa femme. Entre eux, c'était ainsi, et ça ne changerait jamais.

Là-haut, Myriam donnait le sein à Thea dans la cuisine étriquée. Depuis la naissance de leur fille, ils envisageaient de prendre une maison un peu à l'écart, avec un jardin. Ils avaient de quoi financer ce projet, enfin, il fallait qu'ils se décident, qu'ils regardent les annonces, qu'ils se résignent à quitter leur trou à rats. Tout ça pouvait encore requérir des mois.

« T'as qu'à rester manger, fit-elle au bout d'une minute.

— Non, c'est gentil. Mais je vais pas rester.

— Allez, c'est prêt.

— OK, c'est bon, je reste. »

En mettant le couvert, Rick me demandait ce que je pensais du mur derrière l'évier dont les carreaux de faïence se gondolaient hardiment. Puis, sous l'éclairage fauve, il s'empara d'une bouteille de vin avec ses grosses mains. Ce mec était construit sur le modèle d'un ours, haut de taille, bedaine basse, les bras gourds mais terriblement puissants. Un ingénu s'était piqué de le dévaliser un jour, Richard l'avait sonné d'un coup de patte avant de bondir par-dessus le comptoir. C'était davantage pour le principe que pour sauvegarder son fonds de roulement. Et si l'autre avait réussi à s'enfuir, c'était probablement que Rusty l'avait voulu ainsi ; pour preuve, il n'avait pas recouru au fusil dissimulé sous la caisse en prévision des cas de cette espèce.

« Pour ton mur... Je suppose qu'il est temps de vider les lieux avant que tout s'écroule.

— En attendant tu changeras ta fille, Richard », jappa Myriam.

Sans surprise, elle avait concocté sa tourte fétiche, une recette qu'elle dupliquait à la lettre depuis des années et qui vous pesait des heures sur l'estomac. Myriam avait toujours été nulle en cuisine. Elle comptait parmi ces gens incapables de faire quoi que ce soit sans fiche ; et lorsque parfois elle avait la fantaisie de remplacer un ingrédient à peu près inutile par un autre, elle n'oubliait jamais de le préciser pour souligner son culot.

Je savais que les récriminations dont elle harcelait son mari ne tarderaient pas à se porter sur moi, c'était classique, mais elle attendit la fin du repas pour ouvrir le feu : « Et toi, Jeff, t'en es où sinon ? »

C'était toujours un calvaire d'être cueilli par ces questions à large spectre, mais je rassemblai les forces nécessaires pour balancer quelques anecdotes en vrac issues de mes journées sans fin chez Vidal et fils. Alors ma litanie provoqua chez Myriam le genre de soupir avec lequel on déplore un gâchis : j'avais de l'or dans les doigts, quand est-ce que j'allais enfin me décider à me mettre à mon compte ? Par réflexe, Richard abondait dans le sens de sa femme.

« Ça fait dix fois que je lui dis, cœur sucré. On dirait qu'il tient à trimer toute sa vie pour ces escrocs...

— *Mist !* Vous allez pas me lâcher ? Vous êtes assommants avec ça. »

Vautré aux trois quarts sur la table, Rick fit s'échouer les dernières gouttes de la bouteille dans mon verre, avec une moue débonnaire qui signifiait qu'en réalité il s'en foutait, et je pouvais bien m'engager dans un cirque ambulant, il s'en fichait aussi.

Myriam avait le front plus dur, ça tenait sans doute à nos liens familiaux. En plus d'être ma cousine, ses parents m'avaient recueilli à la mort des miens. Elle en avait conservé l'habitude de se faire du souci pour moi, et aussi celle d'un droit de regard sur la façon dont je vivais.

Son visage s'était tendu à en devenir terrifiant, ses yeux pesaient sur moi, pleins de jugement.

« Être son propre patron, c'est ne rien devoir à quiconque, c'est être libre. »

Elle tenait ça de son père, carreleur au long cours avec lequel je m'étais coltiné des chantiers dès mes quatorze ans.

« Mais de quelle liberté tu parles ? Celle d'être enfermée toute la journée derrière ta caisse enregistreuse ? »

Dans leur mentalité, on ne pouvait pas réussir sa vie sans monter sa boîte. Ils étaient pénibles quand ils s'y mettaient, d'autant qu'ils avaient pour eux d'être partis de rien ou presque, contrairement à David qui avait hérité du magasin à la mort de Jerzy. J'hésitais à les planter là, mais j'avais déboulé chez eux sans prévenir, pour mettre les pieds sous la table, alors je fis l'effort d'apaiser la tension. Et je ne versai pas non plus au dossier la convocation des Vidal que je venais de trouver dans mon casier, un papier qui ne présageait rien de fameux.

En définitive, on avait fini par se transporter au salon pour le café. Plus personne ne parlait. J'avais hâte de retrouver mon feutre noir et me replonger dans mon dessin.

Appuyé contre la fenêtre, Rick jetait ses gros yeux doux sur le parc central.

« Tu te rappelles, quand on était gosses, on avait deux mètres de neige tous les hivers. »

Il y allait un peu fort, mais on a souvent tendance à exagérer avec la neige. Ou alors c'était sa mémoire qui lui jouait des tours de nostalgie. Myriam faisait tourner les pages d'un magazine à la volée puis elle me montra ce à quoi ressemblerait leur futur salon. Je ne lui connaissais pas ce genre de préoccupations domestiques. J'avais aussi remarqué qu'elle portait de nouvelles lunettes. C'était tant mieux si elle était décidée à penser à autre chose qu'à son épicerie.

Je les saluai, et Myriam me raccompagna jusqu'au palier en traînant ses mules sur le parquet.

« Jeff, tu pourrais peut-être aussi songer à te recaser depuis le temps ? »

Je venais de retirer ma cagoule en dévalant l'escalier lorsque nous avions croisé la concierge qui le remontait péniblement. Dans l'élan, je n'avais pas eu d'autre choix que de la percuter, et Fred l'avait piétinée à ma suite, sauf que lui avait eu la bonne idée de garder son collant sur la tête. Ça ne semblait pas si critique, elle ne pouvait m'avoir vu qu'une seconde, sans doute pas assez pour donner un signalement. Malgré ça, j'avais mal dormi cette nuit-là ; je n'étais certes pas une figure publique, mais j'avais bénéficié de ma petite renommée en tant que hockeyeur.

Tout s'était pourtant passé comme prévu jusque-là. Un immeuble ancien de la basse ville, troisième étage gauche, pas d'ascenseur. Sonner deux fois. L'appartement désert. Fred avait ouvert la porte au pied-de-biche sans trop de raffut. Il ne restait plus qu'à jeter les meubles au sol, nettoyer les placards et la penderie, mettre en l'air la vaisselle, le lit en cathédrale, et Cannizzio était ressorti avec un ordinateur sous le bras.

Il n'y avait pas de quoi être fier mais ce larcin nous rapporterait pas mal de monnaie, ce n'était pas négligeable. Surtout qu'entre-temps je m'étais rendu à la convocation des Vidal. J'en ignorais le motif – enfin, je n'espérais pas d'augmentation. Ils m'avaient laissé mariner près d'une demi-heure dans le bureau de la secrétaire, avant de me recevoir en famille, le père et les deux fils, mettant fin au suspense.

« Alors Cannon, qu'est-ce que tu trafiques à l'atelier la nuit ? Qu'est-ce que tu charges dans ton coffre ? » C'est le cadet qui dirigeait l'attaque, la face congestionnée par la rancœur, et il cliquait comme un forcené sur sa souris crasseuse. « Attends une minute, sur celle-là on distingue mal. »

Je m'apprêtais à lui demander de quoi il parlait, mais en dernier ressort je jugeai plus intelligent de lui demander comment il savait.

« Regarde, il y a d'autres vidéos où on te voit mieux en train de nous dévaliser. Tiens, c'est quoi là ? Une chaudière !

— *Mist !* Vas-y mollo, c'était juste une seconde main… »

Leurs films étaient merdiques, ils n'auraient rien pu prouver devant un juge. Mais je n'insistai pas, je la bouclai. Je n'allais pas non plus chialer pour qu'ils me gardent, ce boulot était juste une routine pour gagner du fric. Ils me collaient aussi pour abandon de poste et travail dissimulé, en mémoire des fois où je restais injoignable pendant des heures.

« À ce propos, tu vas aussi nous rendre ton téléphone, en plus des clés de la fourgonnette. »

Je n'avais que ce que je méritais. À multiplier les conneries, il ne fallait pas s'attendre à mieux. Au cas où, je survolais les offres d'emploi dans le *Carson-Matin*, à la recherche d'une petite position tranquille. Mais les boîtes cherchaient toujours des gars motivés, avec une grosse capacité de travail, non, ça ne correspondait pas à ce que je convoitais. Profitant de l'inactivité, je me terrais au meublé, je faisais durer les provisions de bouche. Ça m'allait de rester invisible, par abus de prudence. Vissé sur mon tabouret de bar, je cartographiais l'architecture de la ville à la pointe 0.3, évitant de repenser au bordel qui jonchait le parquet lorsque Fred et moi avions déserté l'appartement, à cette pauvre femme affalée dans l'escalier aux marches de bois ciré. Dans les bons moments, je me disais qu'on ne publiait pas de portrait-robot pour une dégradation de biens d'autrui avec effraction. Dans les pires, j'imaginais que la vieille agonisait à l'hôpital, qu'une enquête était ouverte avec avis de recherche.

De toute évidence, je n'avais pas la moelle pour ces opérations commando. À son palmarès, Fred avait volé des voitures, vendu des stupéfiants, s'était battu au couteau ; bien que sorti de cette sale passe, il en avait conservé des réflexes et du sang-froid. Pas moi. Ça ne me créait aucun cas de conscience de piquer du vieux matos chez Vidal, mais terroriser les petites gens ce n'était pas dans mon répertoire.

J'avais maintenu mon isolement jusqu'à la fin de semaine avant de me risquer à monter au magasin voir David. Le ciel était verdâtre au-dessus du poudrier du lac. D'avoir tellement dessiné, mes yeux continuaient à découper des plans à travers le pare-brise du break, détachant les formes et les lignes. Mon but était de lui emprunter les clés de son chalet des Rocafrias, mes motivations tenaient dans un mouchoir de poche : disparaître de la circulation une quinzaine durant.

À peine franchi les caisses, je tombai sur les deux sœurs Dalen. « Eh, t'es au courant que le coaltar fond sur les routes ?! » lâcha Cypress. C'est vers ma veste en peau retournée que son regard allait, espiègle malgré l'œil sombre. Et bien sûr sa frangine aussi se tordait de rire.

Parfois elles étaient là, d'autres fois non, sans règle apparente. Peut-être que Cypress donnait un coup de main lorsqu'un vendeur était malade ; Audrey suivait ça d'encore plus loin, quand les vacances la ramenaient en ville.

« Ouais, t'inquiète, t'inquiète. Je me sens bien là-dedans... C'est pas si chaud, je te signale. »

Ces nanas avaient le chic pour me mettre mal à l'aise, surtout lorsqu'il fallait les affronter de pair. Cypress était une antilope intrépide de vingt-trois ans, ce qui la rendait mortellement dangereuse dans pas mal de situations, en particulier sur un court de tennis. Sa sœur avait dix ans de plus, et quelques kilos bien placés en direction desquels il était difficile de refréner ses regards. Pour donner le change, je lançai la discussion sur le tennis, questionnant Cypress sur ses dispositions. L'an passé, elle avait perdu en huitième de finale à l'open de Carsonville, depuis elle ne cachait pas son ambition de grimper quelques échelons. À la croire, elle tapait dans la balle cinq fois par semaine, courait un jour sur deux et poursuivait son cycle de renforcement au Country Club. Sa narration n'aurait pas été complète si elle n'avait parlé aussi fort, illustré d'un geste les mouvements propres à chaque exercice, soulevant à l'envi sa cape de cheveux noirs sur ses prothèses auditives ou son T-shirt sur ses abdos hypertrophiés.

Le contraste esthétique était frappant avec Audrey, autorité froide au visage immobile, chignon chaste et sourire léger suspendu aux lèvres. Et comme sa petite sœur se faisait alpaguer par un client, je me retrouvai face à elle. Il y avait longtemps que je ne l'avais pas vue, trois mois peut-être. Elle aussi avait disputé le tournoi à plusieurs reprises, se hissant en demi-finale lors de sa dernière participation.

« Et toi, est-ce que tu continues à jouer ?
— Oh non, enfin à peine, tu sais. Un peu de temps en temps…
— C'est quoi ? Encore le genou, c'est ça ?
— Le genou un peu, le poignet surtout. J'essaye de faire de la natation maintenant… »

Elle avait dit ça avec une moue faussement dépitée, puis il y eut une plage de silence embarrassante. Avec Audrey, je me heurtais toujours aux récifs de sa distinction naturelle. J'étais sur le point d'énoncer une banalité lorsqu'elle me demanda si j'habitais dans le même appartement et je m'égarai dans une réponse débile, oui, j'étais bien là-bas, la rue était calme, en plus c'était un meublé…

« Tu avais besoin de quelque chose, ou c'est mon frère que tu voulais voir ? »

Le hasard produisit que David arrivait justement du fond du magasin. M'apercevant, il leva les bras en l'air comme si on venait de lui raconter la meilleure blague de l'année. « Bienvenue, Jeff ! On t'attendait ! Il nous reste des anoraks en solde ! Rien que pour toi ! » Je fis celui à qui on l'avait déjà faite, et Cypress, qui se libérait à l'instant, renchérit qu'ils avaient aussi des vieux après-ski dans un coin oublié de la réserve.

Je n'avais plus qu'à laisser passer l'orage, piétinant d'un pied sur l'autre, concédant quelques éclats de gaieté à l'hilarité des Dalen. Celle-ci ne fut brisée que lorsque Cypress nous annonça qu'elle fonçait au club et qu'Audrey, qui n'était passée que pour une course, nous avisa qu'elle filait récupérer sa fille. David consulta sa montre : je tombais mal, il avait rendez-vous à la banque. Est-ce que j'étais capable de boire un café en quinze secondes ?

Dans son bureau, je fis de mon mieux pour refroidir le gobelet brûlant pendant qu'il prospectait ce qu'il finit par identifier sous l'aspect d'un dossier cartonné. Il avait dû me proposer cent fois de me salarier ici, c'était sympa de sa part, mais je ne voyais pas d'un bon œil d'être le copain du patron. Et puis, rester debout dans les rayons, se fader les clients, plier des fringues, au secours.

« On est encore à + 4 ce mois-ci. Et tout le monde se plaint, il paraît que c'est la crise ! Je te rassure, les gens ont toujours du pognon. Ils ont besoin de le dépenser ! Le magasin ne désemplit pas ! »

Du reste, il n'arrêtait pas d'inonder la ville avec ses publicités, j'avais encore trouvé un prospectus sous mon essuie-glace le matin même.

« Il faut que je me magne. C'est pour mon projet d'extension. On est définitivement à l'étroit ici. Au fait, tu réserves ton samedi soir, j'organise une partie à Bellerive.

— Samedi ? Je vais voir ce que je peux faire. »

Il était déjà dans le couloir, je balançai le café dans l'évier et suivis sa trace qui menait vers la sortie de service.

À l'écouter, il avait rencontré une fille à la pharmacie la veille, il l'avait invitée bien entendu, espérant qu'elle viendrait, ou plutôt qu'elle viendrait seule. J'étais censé ne pas ignorer qu'il avait toujours bandé à mort pour les pharmaciennes…

Les journées qui suivirent, je ralentis sur les séances de dessin. Je jouais à donner des coups de crosse dans une balle de golf sur le parquet du salon. De mon balcon, je m'appliquais à suivre les joggeurs dans le parc central, plus petits que des fourmis. L'ombre en mouvement de la Corne de Vache passait comme un cadran solaire sur la ville.

Puis on frappa à la porte un midi. De minuscules nuages jaunes surplombaient la cuvette, chape de particules fines et ultrafines en suspension. J'avais reconnu le crissement du 4×4 obèse sur les graviers, celui de Shannon Lebeuf, dont les talons de dix centimètres martelaient le bas-côté, et sur l'horizon aride on ne voyait que son corsage fuchsia.

« Je te dérange pas ? Qu'est-ce que tu faisais ?

— Oh, rien. Je crois que je regardais la télé.

— À part ça tu ne réponds pas au téléphone ? »

C'était une fausse rousse flamboyante qui avait basculé dans la quarantaine, sûre d'elle et démonstrative. Elle n'était pas d'ici et, à sa manière d'en dépasser le seuil tacite, on devinait qu'elle appréhendait mal la retenue locale. À sa décharge, ceux qui n'étaient pas natifs de Carsonville demeuraient cantonnés au quasi-mépris qu'on leur réservait, endémique et souterrain, le plus souvent à jamais, pour des raisons indéfinies, mauvaises à coup sûr, mais solides.

« Est-ce que je te sers un truc à boire ? hasardai-je en ouvrant le frigo.

— Oui, c'est une idée. »

Shannon expliquait qu'elle avait fait des courses en sortant de sa leçon de gym et puis elle en avait profité pour passer chez moi en vitesse. « Tu as bien fait », proférai-je en me ramenant avec deux bières givrées, et je la trouvai installée sur le canapé, pieds nus, une jambe repliée sous les fesses, une main glissée dans la poche de son pantalon en cuir.

Je l'avais rencontrée six mois plus tôt lors d'une intervention chez elle. Le générateur se trouvait dans une buanderie mal fichue et la réparation s'était révélée plus lourde que prévu. Shannon venait prendre de mes nouvelles avec de petits rires frénétiques, une sollicitude joyeuse assez insolite. Dans la cuisine, elle m'avait tendu le torchon en restant près de moi le temps que je me lave les mains, sans donner congé à sa bonne humeur compulsive. N'était son visage mutin, elle ne me plaisait pas plus que ça. Mais elle m'attirait. Ce jour-là, je m'étais laissé envahir par une envie expérimentale, sans savoir où cela me conduirait, et lorsque je l'eus coincée contre le lave-vaisselle, elle me jeta un regard de défi, comme si j'avais réagi autrement qu'en répondant à ses avances.

Elle m'avait recontacté. On se voyait surtout chez moi, abstraction faite de trois ou quatre épisodes à son domicile. David l'avait croisée une fois en bas des marches, il avait pigé l'affaire. Shannon vivait de son veuvage, de rentes diverses. Son mari avait occupé un poste à responsabilités aux brasseries Carson, avant qu'un malaise dans sa piscine n'interrompe sa brillante carrière.

Était-ce le produit de l'accident ? Shannon incarnait un être assez désinhibé qui couchait avec moi comme on pratique un loisir. Elle savait ce qu'elle voulait et ne demandait pas davantage. J'étais capable de lui donner ça ; je peinais à me relever d'une histoire ancienne et je cherchais tout sauf le grand amour. Sans trouver cette relation tonitruante, j'étais bien content de compter sur ses incursions, comme à présent alors qu'elle était juchée sur moi, à même mon tapis usé jusqu'à la corde, une odeur exogène flottant dans le salon, de cuir et de parfum poudré, Shannon me circonscrivait avec une belle autorité, et je n'avais rien à faire qu'à promener mes doigts, le soleil déferlait dans l'appartement, je sentais monter la jouissance, et bizarrement mes pensées dardaient sur la recette d'une tarte au citron meringuée que je prévoyais d'apporter le soir à Bellerive, tout se confondait un peu dans mon esprit, la crème fouettée, les œufs battus, le roulis onctueux de Shannon, la façon dont je malaxais le pétrin de son corps.

La propriété se trouvait sur Corniche, à quelques longueurs du centre, là où les bonnes fortunes de Carsonville avaient coutume de construire leurs villas. Il s'agissait d'une bâtisse à l'austérité granitique, qui projetait une ombre gigantesque au soleil couchant, avec trois niveaux sous les combles, des fenêtres hautes et étroites. De longs sapins dans le parc renforçaient l'allure martiale. Parmi les convives, je repérai de loin Fred et Rachel dans le premier salon, Dahl Salinas, le président du Tennis Club, flanqué de sa femme en robe de gala. Le petit grassouillet déguisé en vieux garçon près du billard n'était autre que Norbert Morshwiller, chroniqueur sportif au *Carson-Matin*. Derrière moi arrivaient Sophie-Noëlle Friedman, l'inénarrable amie de Myriam, et son mari Daniel.

Formant un groupe à part, au pied du grand escalier qui desservait les étages, il y avait encore quatre ou cinq filles du club et autant de minets filiformes qui devaient mieux manier les raquettes que la clé à molette. La pièce offrait un grand volume dégagé. Un second salon d'épaisse moquette lui répondait en symétrie, trois marches en dessous. À peine avais-je commencé à saluer les invités que David me sautait dessus, avec Cypress sous le bras, à égalité dans le survoltage.

« Jeff, toi qui as de la jugeote, explique-lui ce que c'est qu'un rayon de chasse. Explique-lui pourquoi un tel rayon représente une opportunité de développement considérable. Dis-lui, parce que moi j'abandonne… »

Son pantalon de toile tombait parfaitement sur ses tennis dernier cri.

« Ah oui, ton rendez-vous chez le banquier… Je suis sûr qu'il est encore prêt à te suivre sur ce coup-là.

— Mais oui ! Ça sonne bien. Il n'y a que mademoiselle pour penser le contraire.

— Attends, laisse-moi rire. Il doit rester un ours et dix-huit cerfs dans toutes les Rocafrias. Et peut-être deux cent cinquante lapins… »

Ils se chamaillèrent à renfort de réparties vives tandis que je liquidais une Carson en les observant. Lui tirait un doux ravissement à la prendre pour une demeurée, et sa sœur avait une disposition à encaisser les coups pour les renvoyer plus fort.

« De toute façon j'en reviens au point de départ : je vois pas ce que des armes à feu viendraient foutre dans un magasin de sport, fin de l'histoire.

— Mais parce que, mon petit cœur doux, la chasse, c'est un sport ! Tu l'as ? Pan ! Pan ! Un sport ! »

Il illustra ses paroles d'une rafale à droite et à gauche. Suivant des yeux ce fusil imaginaire, je distinguai leur mère, Thérèse, à l'arrière plan, assise à l'exact aplomb d'une tête de cerf aux bois immenses, et je lui fis signe que je m'approcherais dans un instant.

Cependant la maison accueillait une nouvelle flopée de visages plus ou moins identifiés qui m'emportaient dans le courant. J'avais aperçu Audrey et sa fille à l'autre bout de la salle, et j'amorçai une lente déportation dans sa direction, envoyant quelques tape-mains, embrassant quelques joues, dont celles de Myriam.

« Tu m'évites ? » jappa-t-elle.

Puis, comme je ne répondais pas : « Je sais pas, tu ne donnes pas de nouvelles… Bon, sinon quoi de neuf ? Il paraît que les Vidal t'ont pincé comme un vulgaire voyou. Tu devais avoir l'air malin, bravo.

— Attends, je pouvais pas savoir qu'ils avaient mis des caméras sur le parking…

— Et alors, qu'est-ce que tu vas faire ? Tu as prévu de continuer à dessiner comme un demeuré ou tu vas te mettre à bosser sérieusement ? »

Je cherchais en vain une réplique à la hauteur, l'équivalent verbal d'une paire de claques, puis je finis par lâcher : « Oh ! je vais commencer par prendre des vacances. Un an ou deux, pour être plus précis. »

Il sembla que je la vexai pour de bon car elle se récria que je n'étais qu'un trou du cul poisseux.

Plus loin, je distribuais à nouveau deux ou trois bises. La baraque était assez grande pour qu'on ne se marche pas dessus. C'était une demeure à l'ancienne, prodigue en pièces aux fonctions désuètes, patio, vestibule, alcôve, boudoir. Au fond, de larges baies coulissaient sur la terrasse, côté lac, c'est-à-dire là où je me trouvais, et d'où je constatai qu'Audrey avait disparu, avant que Fred ne glisse à moi, me fourrant une bière dans les mains.

« Et l'ordinateur, t'en as fait quoi ?

— Jeté dans le lac, c'étaient les ordres. Arrête de flipper, Jeff, on a tué personne.

— Je suis pas tranquille avec cette merde. *Mist !* La vieille pourrait me reconnaître. Il y a un risque, aussi faible soit-il. »

Pour la énième fois, il s'évertua à me convaincre du contraire, échouant à me rassurer davantage.

« Tu sais chez qui on était au moins ? le coupai-je.

— Non, et j'étais pas censé le savoir. Du calme. C'était juste un avertissement. »

Au fond, peut-être que j'en faisais des tonnes. En tout cas, Fred avait la tête ailleurs, et il ne fut pas long à me jouer son disque. Après toutes ces années avec Rachel, il avait l'impression de ne plus savoir s'y prendre tellement la monotonie avait gagné du terrain sur l'excitation. D'où le besoin de vérifier comment ce serait avec une autre. Mais la crise conjugale était plus insidieuse qu'une panne de libido, c'était comme une érosion générale, invisible à l'œil nu. On n'en prenait conscience que lorsque les dégâts étaient irréparables. C'est là qu'intervenait la fameuse Joanna. Au début ça ne devait pas aller plus loin qu'une passade. Mais il s'était planté, il n'avait pas traîné à devenir accro, et maintenant il ne voyait plus que par elle.

J'avais dû le stopper, on n'allait pas y passer la soirée. « Cette fille, tu la connais pas. Évidemment, tu penses qu'elle est formidable. Prends-la comme telle, éclate-toi. Pourquoi pas, à la limite... Mais fais la part des choses, projette-toi dans un an ou deux. »

Fred se grattait la tête, en homme incapable de concevoir une telle échéance. J'allais ajouter que personne ne lui en voudrait de réfléchir à fond avant de quitter la mère de ses enfants, mais Richard avait bondi dans mon dos pour m'enserrer le cou dans le creux de son coude et me savonner le cuir chevelu. Puis il descendit sa canette en deux ou trois traits, souriant entre chaque gorgée. C'était une nature simple et confiante, décidée à profiter à fond des occasions de divertissement. Depuis des années, il se payait une petite moustache en forme de brosse à dents qui lui donnait une trogne de fermier des plaines. Il savait qu'il avait l'air merdique, seulement ça lui plaisait, peut-être même que ça nous manquerait à tous, s'il se décidait à réformer son look.

On avait passé un bon moment tous les trois, à se décapsuler des Carson, à rigoler à coups de sous-entendus ineptes, de blagues grossières ou d'insinuations calamiteuses. Il n'y avait pas beaucoup de pudeur entre nous. On s'était mis à frayer ensemble à l'adolescence, à une époque où le sport et l'aventure employaient le plus gros de nos loisirs. En plus du hockey, on donnait dans le vélo, le rafting ou l'escalade. Pendant les vacances, on organisait des excursions de plein air, plusieurs fois on avait traversé les Rocafrias en bivouac, on avait roulé des centaines de kilomètres dans les Kitzbull.

Rick avait retourné sa casquette pour parodier le souvenir d'une descente à pic et ses bras tressautaient sur le guidon lorsque Rachel rompit notre cercle.

« Hey les patineurs, vous m'avez l'air en pleine forme… »

Sachant ce qu'elle ignorait, je me sentais fautif en sa présence, je ne retrouvais plus ma façon de la regarder. Surtout je ne comprenais pas Cannizzio ; à maints égards Rachel était une fille géniale, vraiment pas chieuse, jolie sans chercher éperdument à l'être, et qui savait reconnaître une bonne plaisanterie quand il s'en présentait une. Je lui en voulais de m'avoir choisi pour confident. Par cette opération, il transférait sur moi une fraction du poids de son infidélité, d'autant que je m'entendais très bien avec sa femme, que j'étais à parts égales l'ami de Rachel et le sien, fait assez rare pour être mentionné. Lui était peut-être le mec de la bande dont je me sentais le plus solidaire, eu égard à notre propension pour les boulots précaires. Quant à sa femme, je la connaissais depuis tout petit. Gamins, on habitait dans la même rue, on était toujours dans les mêmes classes à l'école, on avait joué à la poupée et aux Indiens tous les deux, on avait passé des journées à dessiner, des heures à discuter, diverses circonstances nous avaient conduits à partager le même lit. Si j'avais dû avoir une sœur, ç'aurait été elle, je m'en sentais dix fois plus proche que de ma cousine. Et maintenant Fred m'annonçait qu'il en avait marre d'elle ?

D'une certaine manière, ils me devaient de s'être mis ensemble puisque j'étais à l'origine de la jonction des deux groupes : Rachel et sa grande sœur Viviane, Myriam et Sophie-Noëlle, d'un côté ; David et Audrey, de l'autre, leur cousin Richard, Fred Cannizzio, etc. Le père Dalen venait de faire creuser la piscine à Bellerive, il ne s'écoulait pas une semaine sans que les après-midi de baignade dégénèrent en concentration festive. À seize ans, nous n'étions pas loin d'une dizaine à couler parfois plus de temps à Bellerive que dans nos foyers respectifs. Jerzy possédait ce don de ne traiter personne en inférieur, Thérèse, la capacité de mettre en exergue ce que vous aviez de meilleur. Chacun à sa manière, ils nous créditaient d'une maturité qui nous donnait du galon. Il régnait dans la maisonnée une sorte d'anarchie spontanée, ce n'étaient pas les normes familiales ordinaires.

À table tout le monde parlait en même temps. Thérèse cuisinait régulièrement pour quinze. En contrepartie, il ne s'agissait pas de râler lorsqu'elle vous réquisitionnait pour éplucher les pommes de terre ou ratisser les feuilles mortes, et il fallait aussi se la fader quand elle vous branchait sur la politique.

Plus tard, il y eut plusieurs week-ends mémorables au chalet de Besse-Fontana, dans les Rocafrias. Myriam avait déjà mis le grappin sur le gros Rusty. Les choses allaient demander quelques mois supplémentaires pour Rachel et Fred, parce qu'il sortait alors avec Marina, une copine d'Audrey.

Au lycée, on allait de pair, Rachel et moi, pour avoir choisi la même filière. Je suivais les leçons d'une oreille, plus appliqué à dessiner des labyrinthes en trois dimensions ou des comics débiles, quand ce n'étaient pas des filles à poil. Après ça, la bande ne s'était pas disloquée en dépit des chemins qui bifurquaient, école de commerce pour David et Rick, médecine pour Marina et Audrey. Myriam bossait au magasin de sport des Dalen, Fred jouait au voyou avant d'entrer à la scierie. Rachel préparait son diplôme d'infirmière. Moi, j'entamais des études de géologie, pas brillantes au point de rafler les premiers prix, mais assez tout de même pour que je m'investisse dans des recherches scientifiques. J'y trouvais mon compte, surtout parce que je bénéficiais d'une bourse, et puis ça me laissait du temps pour le hockey, sans quoi le sujet pouvait se révéler soporifique.

Au demeurant, la pharmacienne invitée par David n'aurait pas prétendu le contraire. Alors que je m'approchais du buffet, il m'avait pris par l'épaule pour me la présenter, Bethany, grande blonde sensuelle qui lui destinait de longs sourires hypnotiques. « Lui c'est Jeff, le meilleur plombier-géologue de la ville. Je suis toujours avec lui… » Et je m'étais bientôt entendu expliquer à Bethany que les collines des Kitzbull étaient constituées de mudstone, cette roche métamorphique issue d'argiles boueuses comprimées par les millions d'années, fragiles et sujettes à fragmentation. D'où l'aspect sculptural de la Corne de Vache. Contrairement aux Rocafrias qui n'étaient qu'un gigantesque bloc de granite… Naturellement elle s'en foutait, et je me retrouvai embourbé dans cet exposé sans parvenir à trouver, sinon une chute honorable, au moins une issue de secours.

Maintenant il devait être une heure du matin. Je venais de réitérer une tournée d'inspection au rez-de-chaussée, pour en conclure qu'Audrey n'était pas redescendue. Thérèse m'avait déclaré tout à l'heure que sa fille était montée coucher Nati, puis une quinte de toux l'avait secouée et nous avions fendu la foule, Thérèse à mon bras, claudiquant sur de bien mauvais pieds en direction de ses appartements. Au passage, elle avait pris la peine de vilipender deux malappris pour avoir posé leurs verres sur le billard, mais il fallait se rendre à l'évidence, elle avait terriblement baissé ces derniers mois.

Dans le salon, quelqu'un s'était chargé d'éteindre quelques lampes.

« C'est toi, la tarte au citron ? Avec la meringue ? »

Cypress tournait à l'eau gazeuse, j'en fis autant, m'asseyant sur le canapé à côté d'elle.

« J'en étais sûre… J'en ai bouffé la moitié. »

Parmi les danseurs, il se trouvait plusieurs de ses condisciples qui commençaient à perdre le contrôle, mèche de travers, lèvres trop humides, pans de chemise sortis du pantalon. Cypress badina que certains ne seraient pas frais au décrassage du lendemain. J'avais cru comprendre que trois des filles au moins logeaient à Bellerive le temps d'un stage court. Ce n'était pas l'espace qui manquait là-haut, il y avait des chambres disponibles au premier comme au deuxième. Sans parler des cent cinquante mètres carrés de combles qui nous avaient longtemps servi de salle de jeux, puis de salle des fêtes, et où ne faisaient défaut ni les matelas réformés ni les divans de récupération.

« Et le petit Travnik ? soulevai-je. Je l'ai croisé en début de soirée…

— Il a dû rentrer. Salinas ne le lâche pas d'une semelle. »

Si le président du Tennis Club était si vigilant, c'était que Gustavo Travnik incarnait l'espoir le plus probant de la ville. Dahl ne tarissait pas d'éloges sur son favori, et il n'était pas le seul, David m'avait déjà vanté son revers à deux mains, et Morshwiller venait de lui consacrer un portrait flatteur dans le *Carson-Matin*.

« Et celle-là, tu la connais ? bâillai-je en pointant du menton une agitée qui dansait non loin de Rachel et Sophie-Noëlle Friedman.

— De vue. J'imagine que c'est un deuxième choix de mon frère. Ou alors une ex qui s'accroche. En tout cas, on dirait qu'elle a ses chaleurs. *Trash !* Mais où est-ce qu'elle a pu trouver un truc pareil ? »

Le truc en question, c'était le collier lumineux qui clignotait autour de son cou, dans la semi-obscurité de la piste.

« Tsss, je savais pas qu'ils en vendaient… Ou pour les chiens d'aveugles à la rigueur. »

Peu après, la sœur de Rachel nous avait rejoints, et je me retrouvais coincé dans l'angle du canapé. Viviane connaissait tout le monde en ville ; ça tenait notamment au fait que tous les salons s'arrachaient ses talents de coiffeuse. La conversation tournait autour des endroits en vogue, mais je n'y étais pas, je pêchais quelques fragments en pointillé.

« Il voulait que je lui perce les points noirs dans les oreilles. Non mais tu peux le croire ? Et pourquoi pas lui couper les ongles des pieds pendant qu'on y est ? »

Je concédai à Viviane un sourire compréhensif pour ces situations pénibles, puis je compris avec un léger décalage que c'est de Norbert Morshwiller qu'elle parlait avec cette répugnance sincère. Avisant le bougre à distance, en discussion avec Dahl Salinas près du piano, je convins intérieurement qu'il n'avait rien pour rallier les suffrages féminins sur sa seule apparence. Moi-même, je m'essuyais toujours la main sur mon jean après avoir serré la sienne. Lorsqu'il parvenait à me choper c'était pour me caser son baratin sur les enquêtes qu'il rêvait de mener à charge contre le gouvernement municipal : un coup c'était la convention pour le ramassage des ordures qui était loin d'être cristalline, la fois d'après c'était le pot-de-vin qu'aurait palpé le maire sur la construction de l'usine d'incinération. Bien sûr, tout le monde avait tendance à fuir Norbert dans les soirées.

Et moi, il y avait toujours quelqu'un pour me tenir la jambe. On ne m'invitait pas pour mettre l'ambiance, je n'étais pas un fort en gueule, je n'étais pas celui qui se donne en spectacle. Mais je possédais un don pour attiser la confiance des gens, tellement que certains s'imaginaient que je m'intéressais plus à leur vie qu'à la mienne, à l'image de Viviane, dont je cherchais à me débarrasser en douceur. J'en avais ma claque de cette fête. J'attendais seulement que David réapparaisse pour lui demander les clés du chalet.

Ce n'est que très tardivement que je mis la main sur lui, dans la cour de graviers, comme il venait de raccompagner Bethany à sa voiture. Il ne restait qu'une poignée de convives au petit salon, et plus personne dehors, à part un type qui dégueulait dans les buissons, près de l'endroit que j'avais choisi pour me soulager. Dalen m'imita, orientant son jet sur une biche en céramique.

« Prends ça dans le museau, sale bête ! »

Je lui avais alors casé mon projet de retraite à Besse-Fontana, sans m'étendre sur mes raisons, si ce n'est celle de profiter de mon congé forcé pour respirer l'air pur.

« Excellente idée. Je vais te filer les clés tout de suite », répliqua-t-il avant que de nouveaux grognements s'élèvent des thuyas.

Réalisant qu'il s'agissait de Travnik, nous convoyâmes ses cinquante-cinq kilos jusqu'aux étages. Ça ne semblait pas sérieux de s'en remettre à ce gabarit rachitique pour gagner le tournoi, quelqu'un qui peinait du reste à trouver ses repères avec l'alcool. Je ne le voyais pas d'os assez solides, ne serait-ce que pour survivre aux premiers tours. Ou bien je n'y connaissais rien.

Brancardier de tête, j'entrebâillai la première chambre à reculons mais je reconnus le collier lumineux qui s'agitait au milieu des draps. La porte d'à côté fut la bonne, et nous prîmes la peine d'enlever les baskets de Gustavo ; alors la découverte de ses chaussettes trouées ne me parut pas non plus la signature des grands champions. Mais j'oubliai ce détail en suivant David pour un crochet par son bureau.

La pièce était tendue de lourds rideaux, une odeur d'encaustique, rien n'avait bougé depuis l'époque de son père, ni le blason des Lynx encadré en format géant ni les crosses de hockey qui tapissaient les murs. Ouvrant son coffre, David me tendit un jeu de clés ainsi qu'une enveloppe bombée qui trahissait la présence d'un contingent de billets. C'était en cas de besoin. De vaines paroles ne s'imposaient pas en guise de remerciement. Il agréa mon silence en me gratifiant d'une tape sur la croupe, et dans le même mouvement, déverrouilla un placard pour y remiser sa dernière prise. Encore cette marotte de collectionner les culottes de ses fiancées. Il m'avait mis dans le secret un soir qu'il me payait quelques tournées au bar du Country Club, avec la consigne express de tenir ma langue ; pris de lyrisme, il avait convenu que c'était le point d'orgue du processus de séduction, dans la manière de verbaliser sa requête, de négocier au besoin, puis de se délecter de la réaction de la fille, la savoir repartir les fesses nues lorsqu'il obtenait gain de cause, ce qui se vérifiait neuf fois sur dix d'après ses statistiques. Je ne trouvais pas ça particulièrement sain mais au moins il n'était pas dégénéré au point de les étiqueter au nom de leurs propriétaires.

Je ne m'étais pas éternisé davantage. Dehors, le lac luisait comme un plat d'étain, immobile et sombre. Cet abruti de Morshwiller avait garé son pot de yaourt derrière mon break. Il n'y en avait pas deux comme lui pour s'incruster jusqu'au bout des fêtes, il fallait toujours le mettre dehors. Je m'apprêtais à revenir au salon pour l'attraper par l'oreille mais voici qu'il approchait fort à propos, sous son brushing de cheveux châtains.

À la réflexion, ce n'était pas une sotte idée que de monter avec lui, en dépit de la légende qui voulait qu'on l'ait recalé six fois à l'examen de conduite. J'avais trop bu, il valait mieux se tenir à carreau, je m'étais attiré assez d'embarras ces jours-ci pour ne pas risquer en plus une récidive. Et puis Morshwiller ne buvait jamais que des panachés parce que l'alcool lui causait des allergies.

Engoncés dans sa voiturette, les sièges recouverts d'une saloperie de poncho, nous longions la courbe du lac avec un bruit de moteur épouvantable. La lune se reflétait sur le capot de son bolide, et le journaliste jouait pour moi la bravoure avec laquelle il dénoncerait sous peu les magouilles municipales.

« J'ai levé un gros lièvre. Ils s'en mettent plein les poches ! J'aurai bientôt de quoi faire tomber le maire et toute sa clique. Je vais déballer leurs poubelles au grand jour. Et je te prie de croire qu'il ne s'agit pas d'une vulgaire villa construite à l'œil en contrepartie d'un marché public... »

Passé Promenade Boulevard, Norbert fonçait comme une tortue sur la perspective de Constitution. Il n'aurait pas été lui-même sans son petit bouc de poils enkystés dans l'épaisseur de ses traits, ni le minuscule sourire auquel ses lèvres étaient continuellement assujetties. Le plus fatigant était sa façon de parler à demi-mot pour dramatiser son propos, selon cette méthode éprouvée qui laisse croire qu'on en sait davantage que ce qu'on veut bien dévoiler.

« Mais je parle trop. C'est que je me sens gonflé à bloc, à filer comme ça dans la nuit. Enfin, sache que le gibier est déjà dans mon viseur. J'aime bien cette ambiance. Je vais les saigner comme des gorets. »

J'hésitais à trembler, dans l'atmosphère au couteau à beurre. Il n'y avait que moi pour me laisser embarquer dans un baratin pareil. Je m'abstenais d'interrompre ses simagrées, mais c'était oublier un peu vite que le maire s'appelait Patrick Gross-Patrick. Le même Patrick Gross-Patrick qui possédait les brasseries Carson et la scierie Gross-Patrick. Ça faisait beaucoup de montagnes à déplacer avant qu'un reporter de la trempe de Morshwiller publie des scoops dévastateurs dans le journal.

« Ils se méfient, Cannon. Ils savent que je leur mordille les talons. Sinon pourquoi est-ce qu'ils seraient venus tout casser chez moi et me voler mon computer ? »

L'urbanisation disparaissait avec la dernière station-service, avant que ne se dresse la grande pancarte : « Carsonville, alt. 1 835, son lac, sa Corne de Vache, son tournoi de tennis, ses Lynx. » Lynx dont le fanion se balançait au rétroviseur à la faveur des virages, en rythme avec le boxon habituel qui encombrait le coffre : outils en vrac, vieux matériel d'escalade, en plus des réserves alimentaires que j'avais constituées pour l'occasion. Le break se ruait comme un mort de faim dans les pentes des Rocafrias ; parfois je jetais un œil par-dessus l'épaule pour m'assurer qu'on ne m'avait pas vissé une caravane au train. Mon panorama se trouvait sur la banquette, enroulé dans un cylindre en carton, je n'avais pas voulu le laisser au meublé, en proie au vol ou à un incendie. Pour des motifs similaires, j'emportais aussi avec moi un carton de vieilles photos et une boîte à bijoux, souvenirs de mes parents. C'est dans ces montagnes qu'ils avaient péri sous une avalanche, vingt-cinq ans plus tôt.

Les chiens avaient creusé longtemps avant que les autorités ne déclarent qu'il n'y avait plus aucune chance de retrouver des survivants, puis se mettent à déterrer les cadavres au bulldozer. Pendant des années, j'avais cherché à visualiser à quoi pouvait ressembler la mort dans une avalanche.

Je traversai Besse-Fontana après deux heures de voyage. Il s'agissait d'un bourg où vivotaient une vingtaine d'habitants, des forestiers pour la plupart. Un bar-hôtel-restaurant, une poste-épicerie-station essence. Les remonte-pentes à l'abandon témoignaient des loisirs qu'on y pratiquait par le passé. Plus loin, je ne tardai pas à distinguer la propriété et son petit lac, à l'extrémité d'un serpent de bitume. Le père Dalen avait construit le chalet voici une vingtaine d'années. Les rondins auraient mérité un coup de lasure, les berges du lac une session de défrichage. Derrière la maison, une vieille rangée de bûches avait dû s'écrouler sous l'effet d'une bourrasque. J'ouvris quelques fenêtres, montai mes bagages dans une chambre à l'étage, déchargeai les vivres, de quoi soutenir un siège. J'allais être tranquille ici.

J'avais eu raison de boucler mes valises. Ils commençaient à me les briser avec leurs histoires. David, Myriam, Fred. Et ce pauvre Richard qui en devenait ridicule à souffrir les humeurs ingrates de sa femme sans se rebiffer. Ils n'allaient pas me manquer au point de leur envoyer des cartes postales. Sans compter Morshwiller. J'avais voulu croire qu'il s'agissait d'une coïncidence comme il s'en produit de plus surprenantes dans la vie. Mais je m'étais renseigné discrètement sur l'endroit où vivait le journaliste, le doute n'était plus permis, c'était bien chez lui qu'on avait joué les gros bras. Argument supplémentaire pour m'exiler tellement ce truc puait les emmerdes.

Je savais trouver un sac de frappe dans la remise attenante, parmi le matériel de ski, les cannes à pêche et les toiles de tente, je ne fus pas long à le suspendre à la poutre du salon.

Une semaine plus tard, j'avais dû cogner deux fois dans le sac en question. Au lieu de ça, je passais des heures à paresser, attendre, laisser courir, tous ces verbes d'action. Je dormais la nuit et je dormais le jour. Et plus je dormais, plus j'avais sommeil. Entre deux siestes, je restais au lit à broyer de la matière mentale, derrière le coffrage des volets. À examiner à ce point toutes les coutures de mon intériorité, je découvrais des morceaux de moi que je ne soupçonnais pas d'exister.

Lorsque je parvins à m'ébrouer un peu, ce fut pour m'abîmer dans les bouquins qui hantaient la bibliothèque, manuels de pêche ou guides illustrés sur les champignons, sans parler d'un précis de géologie des Rocafrias que j'avais dû oublier des années auparavant, 912 pages et

124 planches graphiques, que je m'appliquais à relire in extenso comme on se jette un coup de massue sur la tête.

Après quelques jours de ce traitement, je me mis à dessiner sur la terrasse. Des études d'Audrey Dalen, de face, de trois quarts, pas toujours habillée. Je pouvais reproduire son visage sans modèle. Je retrouvais l'arrondi de ses seins, les proportions de ses jambes. Pour en avoir fait maintes fois l'inventaire, je me rappelais les détails de son corps, bien que j'en aie perdu la sensation physique. Je pensais aussi à dessiner les petits poils sombres en transparence sous sa culotte.

En levant les yeux, je devinais Carsonville, plein est, tête d'épingle à côté du point bleu du lac, où Audrey se trouvait peut-être encore. D'ici, le paysage déroulait sa carte immense, jetant ses perspectives comme du haut d'une tour. Il y a bien longtemps, la mer recouvrait tout cela de sa chape aquatique, lessiveuse corrompant les granites, épandant les sédiments de grès et d'argiles alcalines. Après quoi, séismes et volcans avaient disloqué la croûte terrestre dans un déchaînement d'ultra-violence, puis des glaciers sans foi ni loi étaient descendus pour tout écraser sur leur passage. Ces mêmes glaciers qui étaient repartis en sens inverse au fil des siècles, fondant peu à peu jusqu'à disparaître, ouvrant la voie au dégel du permafrost et à la libération subséquente du méthane souterrain. Phénomène sur lequel portaient mes recherches universitaires, dans les zones dites de discontinuités rugueuses des Rocafrias. Recherches auxquelles j'avais renoncé brutalement lorsque Audrey m'avait quitté.

Jusqu'à la rupture, j'avais poursuivi ma thèse en dilettante, alibi parfait pour temporiser en douce. Je ne salissais pas ma piaule au campus, je vivais à Bellerive où je bénéficiais du statut de second fils et consolidais ma réputation d'homme à tout faire. Tondre la pelouse, entretenir les évacuations, la piscine et sa filtration, repeindre les volets, il n'y avait rien pour me dissuader. La nuit je dessinais des mondes futuristes sans queue ni tête. Je ne savais pas qui j'étais vraiment. Je ne voyais pas de carrière dans laquelle me lancer. J'étais doué pour retarder les échéances. Je me disais qu'il se trouverait toujours une solution. Une solution qui à défaut d'être la meilleure pourrait s'avérer la moins mauvaise. En attendant, j'aimais regarder des matchs de hockey à la télé, jouer au billard dans les bars avec les copains ou au bowling avec Jerzy. Je décrochais progressivement des Lynx mais je me laissais volontiers embarquer dans les beuveries d'après match.

De quoi fournir à Audrey des motifs de redouter l'avenir que ma compagnie lui préparait. J'avais cette manière d'être bien à moi, ce fonctionnement artisanal et bricolé, bizarre peut-être, mais je faisais avec les moyens du bord. J'avais renoncé à pratiquer autrement. De son côté, elle jonglait entre le tennis et la fac de médecine, activités qui l'accaparaient soixante heures par semaine. Ses aspirations l'éloignaient de l'introverti transparent que je personnifiais avec une constance obstinée depuis dix ans que nous étions ensemble. En plus, elle étouffait à Carson-city, la ville était trop petite, elle avait fait le tour de ce mouchoir de poche. À l'inverse, je ne pouvais pas concevoir d'habiter ailleurs, cela m'était impossible, je n'en avais même jamais eu l'idée. C'est ce qui m'avait conduit à débouter les franchises de hockey qui m'offraient des contrats professionnels encore quelques années plus tôt. Le temps avait coulé comme ça, j'avais tendance à regarder la vie plutôt qu'à m'en mêler, j'ignorais qu'il existait d'autres façons d'agir et de raisonner.

Ce diagnostic, je l'avais établi tout seul, après des mois de métabolisation du problème. Mais sur le moment, Audrey avait prononcé la rupture sans détour. Et d'après elle, je ne devais pas tellement en être surpris. Je ne prétendis pas le contraire, mais je l'étais. Elle n'avait pas fourni plus d'explications, il n'y avait pas eu de menaces préalables ni d'ultimatum. Ou peut-être s'était-elle exprimée par allusions, mais je n'étais pas fort pour piger les demi-mots ou lire entre les lignes. Rétrospectivement, j'avais remarqué que les gens interprètent beaucoup ce que disent les autres, pas moi.

Elle n'avait pas tardé à rencontrer quelqu'un d'autre. Un Gross-Patrick, Herbert de son prénom, frère cadet de Patrick, le même Patrick qui était devenu le successeur de son père au terme du quatrième mandat municipal du vieux dinosaure. Cet Herbert, je le connaissais de vue. Il avait déserté la ville de longue date, en rupture avec la famille, mais pas au point de renoncer aux générosités du clan. Pour ce que j'en savais, il donnait dans les œuvres d'art, collectionneur, expert, vendeur aux enchères, ce genre de métier où vous ne sentiez pas la sueur, et si vous aviez parfois un marteau entre les doigts, ce n'était pas pour planter des clous.

Jerzy et Thérèse avaient mal vécu les événements, que leur fille quitte la ville, qu'elle abandonne la médecine, qu'elle me plaque. Dans cet ordre ou un autre. Je me souvenais avoir éprouvé du réconfort de les savoir à mes côtés, une sorte de consolation vaine. Thérèse insistait pour que je reste à Bellerive, inconsciente de l'humiliation qu'il y aurait eu à me maintenir dans les murs sans Audrey. Nati était née l'année d'après.

Six mois plus tard, Jerzy subissait un autre infarctus. Le premier l'avait laissé sur une chaise roulante. Du second, il ne réchapperait pas. David l'avait découvert dans son bureau, la tête au milieu de ses bilans comptables. Audrey ne fréquentait déjà plus Carson que trois fois l'an. Elle avait pris la tête d'une ONG, elle sillonnait le pays à la défense des causes perdues. Parfois on la voyait à la télé. De mon côté, j'avais remplacé l'ancienne routine par ce qui en était déjà une autre, celle de plombier-chauffagiste, métier dans lequel j'avais sauté en marche à la faveur d'une formation pour adultes. Je simulais que tout allait aussi bien que possible, j'étais capable de sauvegarder les apparences. Du reste, personne n'était regardant. Rachel et Fred venaient d'avoir leur premier enfant. David et Richard avaient de plus gros poissons à frire avec leurs boutiques. Myriam se réjouissait de me voir bosser pour de bon, après avoir déploré cent fois l'absence de débouchés dans la géologie.

En réalité, j'étais mal. Je vivais comme un automate. Je me levais le matin, je me couchais le soir. Mon univers était grand comme une boîte à chaussures, mes perspectives tenaient dans une boîte d'allumettes. J'étais dans cet état déplorable, lorsque la conscience qu'on a de soi nous empêche de vivre, où l'on regarde loin dans ses pensées non formulées et les questions ensevelies, lorsque le présent ne prend jamais aucune forme, se délitant pour basculer d'emblée dans le passé. Produire l'effort de parler était souvent au-dessus de mes forces. Je comprenais les gars qui se coupaient la langue, qui se crevaient les yeux ou se tailladaient les oreilles. Dans mon nouvel appartement de Palissade, j'entreprenais de reproduire la ville sur un rouleau de papier cartonné. Je n'avais pas trouvé châtiment plus laborieux et absurde, la tâche était faramineuse. Dans ma discipline, je n'oubliais aucun réverbère, je ne m'épargnais aucune cheminée, aucune descente de gouttière. Ça augurait de milliers d'heures de travail, dont l'austérité tranchait avec mes anciennes productions puériles et sans suite.

Il n'y avait que Cypress pour voir dans mon jeu. Elle s'était mise à traîner avec nous en grandissant. Adolescente, elle était déjà cet être asexué à qui on ne connaissait pas le moindre flirt. Il y avait en elle cette peste indomptable et survoltée, visage percé de bijoux métalliques, au caractère irascible, toujours en tension, avec laquelle coexistait une créature douée de profondes facultés d'empathie. À ce titre, Cypress entretenait pour moi la fiction qui voulait que sa sœur retournerait un jour avec ce bon vieux Jeff. Je n'y croyais pas moi-même. Ça ne servait à rien de s'apitoyer. Je savais qu'Audrey ne passerait pas deux fois sur la même route. Elle s'était posée sur une autre branche que la mienne, d'une altitude plus élevée, dans ces cas-là on ne redescendait pas. Je m'étais résigné, j'avançais sur cette voie qui ressemblait à une guérison. À chercher à tirer un trait sur le passé, j'y parvenais comme tout le monde. Mais ça revenait, douloureux à en crever, chaque fois que je revoyais Audrey. Ça n'avait pas manqué ces jours-ci, rien qu'à l'avoir croisée cinq minutes au magasin, puis aperçue vingt secondes lors de la fête à Bellerive. Comme toujours, c'était la grosse piqûre de venin, quoi que j'aie pu me promettre par ailleurs, quelles qu'aient été mes résolutions antérieures. Et comme toujours, mon cerveau scrutait la moindre anomalie, les indices d'une faillite amoureuse. Elle m'avait paru lasse au magasin, une grisaille désabusée sur le visage, puis fuyant la foule et tout contact, le soir de la fête. Ce n'était rien sans doute, une fissure illusoire, mais suffisante pour que je ne puisse m'empêcher d'y faufiler un espoir.

Ce n'était pas nouveau, mais je ne m'étais jamais rendu malade à ce point, remâchant les souvenirs pour les convertir en regrets cafardeux, jusqu'à la nausée, jusqu'à me persuader d'avoir tout raté en perdant cette femme. Dès mon arrivée à Besse-Fontana, je n'avais pas résisté à traquer des fragments d'elle dans la vacuité standard de la villégiature. Un jeu de photos dans un tiroir, Audrey en tenue blanche et stricte, raquette à la main sur la terre battue, visage tout en contrôle, les cheveux tirés qui rendaient sa beauté plus sévère. Les journalistes la surnommaient la « Louve Arctique », ou la « Nonne Froide », selon qu'ils voulaient lui être plus ou moins agréables. Même à bout de forces, elle échappait rarement un cri en cognant dans la balle. Fouinant les penderies, j'étais tombé sur une chemise de nuit que je savais lui appartenir, encore dépositaire d'une odeur de peau, et j'avais fait de cette trouvaille un trésor sentimental, la trimballant de la chambre au salon. Ce morceau de tissu symbolisait la précarité affective dans laquelle je macérais depuis des années, la nuit je m'en caressais le corps, j'en habillais un oreiller. Dans ma tête, je ne manquais pas de films en réserve.

Pour avoir un temps franchi le mur de la forteresse, j'avais connu l'animal sexuel qu'Audrey abritait derrière ses airs d'intouchable. J'avais goûté ses aptitudes à l'assouvissement décomplexé de ses fantasmes, son penchant à les exercer dans les situations les plus astucieuses. Ce que les autres ne pouvaient pas deviner et dont le souvenir circulait encore sous ma peau.

Passé le cap des trente jours au chalet, je prenais de plein fouet le contrecoup de l'isolement. Je n'avais pas de téléphone, j'étais injoignable, bloqué dans une zone de peuplement à la densité proche de zéro. Les fêtes de fin d'année s'étaient déroulées sans moi. Je butais contre la solitude comme sur un mur, à m'en taper le front sur les vitres. Parfois je croyais voir des dolmens dressés dans le salon, fantômes de pierre qui se rapprochaient de moi jusqu'à m'encercler. Je n'aurais pas craché sur une pinte de Carson dans un bar de Promenade, avec mes camarades, mais mon unique compagnon restait ce manuel de géologie que je relisais, sombrant dans les mystères de l'orogenèse hercynienne et des faciès carbonatés du Dévonien supérieur.

J'employais ce qui allait être mes dernières journées ici à quelques travaux physiques aux vertus fortifiantes, curer les gouttières, arracher les ronciers autour du lac, reprendre un volet à moitié arraché par la dernière tempête. C'était ça ou devenir fou. Peut-être fallait-il sortir vainqueur de ce combat contre l'ennui effroyable. J'étais venu à Besse-Fontana pour me faire oublier, mais il se pouvait également que ce fût pour me régénérer par le vide, cela s'apparentait à un grand jeûne destiné à me purifier des forces du renoncement, du marasme et des mauvaises pensées qu'on accumule comme des toxines. Telle était la doctrine à laquelle je méditais tout en reconstruisant la réserve de bois derrière la maison, cinq ou six stères que j'empilais à l'aplomb sous le débord du toit, ajustant les bûches avec un soin maniaque.

Et c'est ma tête que j'ordonnais par ces gestes méticuleux, laissant grossir cette hypothèse en moi : j'étais venu au chalet pour reconquérir Audrey. C'était mystique. C'était dingue. Elle reviendrait bientôt à Carson pour suivre la quinzaine du tournoi, comme tous les ans. Le chemin entre elle et moi continuait d'exister malgré la rupture. Je me sentais la carrure pour saisir ma chance à partir de rien. Et mettre le doigt dessus, c'était en mesurer les effets. J'avais le dos au mur, lorsqu'on n'a pas le choix, on a parfois la bravoure. Et pour m'en donner davantage, je me disais qu'elle pensait peut-être à moi à ce moment précis, assis de nuit dans le rocking-chair de la terrasse, avec sa nuisette jetée en cape sur les épaules tandis que, dans le lointain, toutes les ampoules de la cité semblaient s'unir pour exister collectivement comme au fond d'un cratère.

Mon break naviguait dans la tapisserie nocturne des Rocafrias. Les flambeaux de Carson-city affleuraient au loin, à travers la nappe d'obscurité qui flottait au-dessus de la ville, mélange de brume et de nuit. Le jour allait se lever, déjà les premiers javelots du soleil franchissaient le râtelier fossilisé des crêtes, et bientôt le lac glaciaire surgissait des ombres, sous le patronage de la Corne de Vache.

À l'horizon, un avion décollait du Gross-Patrick Aéroport, du nom du fondateur de la cité cinq siècles plus tôt, ancêtre d'une longue dynastie d'affairistes. Son dernier descendant en date, Patrick Gross-Patrick, avait fêté sa réélection l'an passé, marchant sur les traces de son père, Ronald, expert ès magouilles politico-financières. Dans la lignée de ses prédécesseurs, le fils avait fait beaucoup de promesses pendant sa dernière campagne électorale, et pas uniquement de celles qu'on a une chance de tenir. Au soir de la victoire, des camions-citernes avaient répandu de l'eau parfumée dans les avenues, avant qu'un défilé de chars fleuris traverse la ville avec le vainqueur à la parade, cheveux orange, visage caramélisé, sourire fluorescent, sous l'escorte d'une compagnie de policiers en tenue et la vigilance de ses gardes du corps en armes. Il avait réussi à faire passer son triomphe pour une révolution, alors que les Gross-Patrick gouvernaient la ville depuis six décennies.

On prétendait que la soirée s'était prolongée par un dîner ultra-select dans une villa du quartier privé de Hayden-Arroyo, en costumes et perruques façon dix-huitième siècle, avec éclairage aux chandeliers et quintette de musique baroque. Depuis, son bronzage de poulet grillé continuait de se délaver sur les vieilles affiches aux coins des rues.

Rien n'avait bougé à l'appartement, je découvris mes choses intactes, à peine muséifiées sous une membrane de poussière. Le plus urgent était de me raser, ce que j'entrepris séance tenante. Il faudrait aussi que je passe au salon de Viviane pour une bonne coupe de cheveux.

Le soleil avait grossi lorsque je me décidai à sortir un pied dehors. J'avais envie de bouffer la vie, voir des gens, des magasins. La ville était noire de monde, les façades aveuglées de lumière, des parapentes multicolores striaient le ciel. Dans le parc central, je me payai un café en terrasse, près des plages enherbées, et je me surpris moi-même en m'entendant passer commande après des semaines sans prononcer un mot. Ici rien n'avait changé non plus. La pollution planait sur la cuvette. Des foyers d'incendie continuaient de se propager dans les Rocafrias, criminels pour certains, dixit le *Carson-Matin* qui rappelait également ce triste record : il n'avait pas plu sur Carson depuis près d'un an.

Malgré tout, c'était une bonne place pour vivre. J'aimais cette ville comme on affectionne une vieille veste qui a essuyé plus souvent qu'à son tour la poussière et les accrocs, dans laquelle on affronte les rigueurs de l'existence.

Des actualités, je sautai aux pages sportives. Norbert Morshwiller chroniquait la dernière déculottée de l'équipe de hockey : « Les Lynx, à tous points de vue, sont décidément une espèce en voie de disparition. » Plus loin, il s'extasiait sur la participation de Beverley Blanchard à l'open de Carsonville, en invitée spéciale. J'ignorais tout de cette joueuse, mais à lire le papier, on apprenait qu'elle sévissait dans un programme de téléréalité et qu'un disque était en préparation.

Oui, rien ne changeait, décidément. Il y avait toujours les mêmes articles à sensation dans le *Carson-Matin*. Et pourtant je n'aurais jamais eu le réflexe d'acheter un autre journal que celui-là.

Au moins il n'y avait rien dans cette édition qui concernait les suites de notre visite musclée au domicile de Morsh. Pas plus que je n'avais trouvé de convocation judiciaire parmi le matelas de courriers qui sédimentaient dans ma boîte aux lettres.

Je n'avais rien à faire, pas d'horaires, pas de contraintes, aucun projet à part la perspective d'un rendez-vous chez le coiffeur. Tout de même, il faudrait bien commencer la tournée des popotes par un bout ou un autre. Cela dit rien ne pressait à la minute. Aussi je poursuivis à pied jusqu'aux pilotis de Promenade ; il s'agissait d'une longue jetée que l'on devait au lobby des joggeurs mais qui se couvrait de serviettes de plage à la moindre incitation des températures. Je m'allongeai à même le bois chaud, laissant grossir en moi le sentiment d'une réinsertion. Sous le protectorat des crêtes, on se sentait à la fois minuscule et immortel.

Alors la malchance s'en mêla, sinon comment expliquer que Sophie-Noëlle Friedman tombe sur moi alors que nous étions des centaines à nous prélasser sur les pilotis ?

« Jeff, comment ça va ? Tu dessines toujours ? Qu'est-ce que tu dessines en ce moment ? Jeff, tu avais proprement disparu de la circulation ! Est-ce que tu as jeté un œil sur mon blog récemment ? Oh ! et il faut que je te dise un mot de la pièce incroyable que nous montons pour la rentrée… »

Pour violent que fût ce retour à la civilisation, je réussis à tenir un second rôle dans la conversation, sous un bouclier virtuel qui filtrait au compte-gouttes les prouesses de Sophie-Noëlle. Poésie, danse, peinture, je ne me rappelais jamais dans quelle discipline elle n'excellait pas. Et bien sûr elle était débordée. Que fichait-elle dans ce cas, à me raconter sa vie par une matinée de pleine semaine ?

Je la quittai en remâchant la seule information digne d'intérêt : Fred et Rachel n'étaient plus ensemble.

Après cette épreuve, j'eus le courage d'affronter le trafic de l'avenue Aspen pour une escale à la supérette, à deux blocs de là. J'escomptais tomber sur Richard, mais c'est Myriam qui présidait aux aléas d'une fréquentation de basse intensité, retranchée derrière son alliage de jovialité méfiante qui lui tenait lieu de politique commerciale.

« Tu aurais besoin d'une bonne coupe de cheveux, jappa-t-elle, stupéfiée de me reconnaître.

— Tiens, c'est marrant, je crois que cette plaie de Sophie-Noëlle m'a dit la même chose.

— Attends, Jeff… C'est ma meilleure amie, je te rappelle.

— Oh, excuse. Non mais je suppose qu'elle est plus bête que méchante. »

Myriam se soulagea d'un rire artificiel qui signifiait qu'elle prenait le parti d'en plaisanter mais n'approuvait pas ma saillie. Je gardai mes autres réflexions pour moi, comme par exemple qu'à son âge il fallait arrêter de hiérarchiser ses amies, et je profitai de ma présence en ces lieux pour remplir un chariot, avec la patronne qui s'affairait dans mon orbite en me relatant les visites qu'elle et Rick multipliaient ces jours-ci : en dépit d'une majorité de baraques hideuses, ou dans un état de délabrement rédhibitoire, il restait quand même quelques trucs potables mais ça ne serait pas sans de copieux travaux.

« Je ne suis pas inquiet, vous allez bien finir par tomber sur une perle.

— Oui, c'est ça qu'il faudrait, je pense. Ça devrait se passer comme ça…

— En attendant, n'oublie pas de mettre ces courses sur ma note.

— Oh, je crois que je n'ai plus de place dans mon cahier… »

Sa blague était jetée à froid, Myriam comptait parmi ces gens pour qui sourire est un crève-cœur. Ou alors ce n'était pas une blague.

Je sortis de l'épicerie, avec elle à mes basques qui ne semblait pas vouloir me lâcher.

« Jeff, tu sais que tu nous as fait peur ? Avec Richard, on était à deux doigts de boucler les valises pour monter au chalet prendre des nouvelles… »

Sur l'avenue, les scooters slalomaient entre les voitures à touche-touche. Comme je ne répondais pas, elle évoqua la météo, avant de préciser que le commerce était calme en ce moment.

« Au fait, rappelle-toi d'éviter de stationner devant le magasin. C'est mieux de réserver les places aux clients. »

Ce disant, elle mima des guillemets virtuels pour détacher le dernier mot.

« Et moi, je suis quoi ? répliquai-je en reproduisant son geste, mais elle ne comprit pas que je la caricaturais.

— Toi, c'est différent. Toi, tu peux marcher. »

Il y avait du mieux, d'ordinaire elle rétorquait que je n'étais pas solvable.

« Bon, j'y vais. On se voit plus tard, alligator. »

Déjà je claquais la porte du break. Et Myriam eut à élever la voix pour me transmettre un dernier message :

« C'est bien que tu sois revenu, Jeff. Si tu as besoin de quelque chose, laisse-le-moi savoir, OK ? »

Au fond, elle aussi était plus bête que méchante.

« Et qu'est-ce que tu comptes faire maintenant ? » lança David vingt minutes plus tard, alors que nous franchissions la porte d'un restaurant sur Promenade.

J'avais poussé une pointe jusqu'à la zone commerciale et je l'avais croisé in extremis sur le parking du magasin, à bord de son nouveau pick-up.

« Je sais pas. M'occuper. Bricoler. »

Je refusais de me tourmenter tant qu'il restait une poignée de billets. Mais la question méritait d'être posée.

« Ça tombe bien, je crois que Rusty compte sur toi pour les travaux. »

Nous nous laissions guider par le déhanché de la serveuse. Elle nous désigna une table embusquée sous la triste chevelure d'un saule.

« Quels travaux ?

— Ils sont sur le point de signer pour une baraque. Il va t'en parler, c'est sûr. »

Le temps de prononcer cette phrase, il avait traversé le menu d'un battement de cils, et il rappela la fille qui n'avait pu s'éloigner que de cinq ou six pas.

« T'as choisi ?

— Oh... Certainement. Je vais prendre comme toi... »

Bien entendu, nous avions parlé de Fred. Il vivait dans l'appartement que sa nouvelle copine louait sur Constitution. Dalen était tombé sur eux un soir à la plage, Cannizzio avait eu cette attitude de fierté embarrassée que David décrivait comme celle d'un coq avec une médaille autour du cou. À tout prendre, je trouvais ça plutôt positif, ça signifiait qu'il restait à Fred assez de sens commun pour se dispenser de jouer les cadors.

« Et tes sœurs, comment ça va ?

— Cypress, c'est comme d'habitude, il n'y a que le tennis qui vaille. Si elle pouvait manger avec ses raquettes, elle le ferait, tu vois. L'autre fois je lui ai parlé de ma technique infaillible pour gagner les matchs : surtout, tu ne vises pas les lignes blanches, tu te contentes de renvoyer les balles au milieu du terrain, si possible au-dessus du filet... Tu sais combien j'adore la charrier !

— Et Audrey ?

— *Mist !* Audrey, parle-moi d'autre chose. La pasionaria de la planète. La rabat-joie de service. Moins je la vois, mieux je me porte. On sait jamais ce qu'elle mijote à froid sous son chignon. J'en peux plus de ses leçons sectaires. Et puis je... »

Brisant sa loquacité, il salua l'approche de la serveuse par un sourire taillé au carré et ne brida pas ses yeux lorsqu'elle offrit son décolleté pour déposer sa fricassée d'écrevisses.

Plus tard, je tentai d'orienter à nouveau la discussion sur Audrey mais il ne m'écoutait plus, j'avais consumé la dose d'attention qu'il était capable de consacrer à son interlocuteur. Le passage des plaisanciers au large propageait des vaguelettes dont l'eau bleue venait clapoter sous le plancher lambrissé. David racontait avoir abandonné le projet d'extension du magasin, renoncement pour lequel il incriminait le veto de ses frangines. À la place, il avait mis des fonds dans un bowling près du campus, ce qui pouvait me constituer un point de chute si j'avais besoin d'un emploi pas trop pénible. Puis il mit sa verve au service d'une revue d'actualité centrée sur les trois maîtresses dont il tâchait de se dépêtrer en simultané, et son attention était polarisée à brèves échéances par l'écran de son téléphone.

Je ne l'écoutais pas vraiment, moi non plus, voilà quel genre d'amis nous étions. Je me concentrais sur l'observation de son appétit spectaculaire. Il ne cédait sur les bonnes manières que pour parler la bouche pleine, l'alternance lui eût paru insupportable, question d'intrépidité. Pour favoriser l'élocution, il avalait les denrées à peine mâchées. Et c'était le même mec qui s'enfilait des boulettes de papier absorbant au bout de la verge, qu'il fabriquait lui-même, parfumées à l'huile de pin, et qui lui garantissaient une hygiène intime irréprochable.

Soudain, il engloutit la moitié de son verre d'une gorgée joyeuse. Il m'avait juré ne plus toucher à la cocaïne, mais parfois j'en doutais.

« Tu comprends, quand j'avais dix-huit ans, je ne m'intéressais pas aux gamines qui en avaient douze. Mais maintenant qu'elles ont pris quinze piges, c'est différent… Et comme je m'intéresse toujours aux gonzesses de trente, quarante et plus, les possibilités augmentent sans cesse… »

Je me demandais ce qui nous unissait, lui et moi. David était ce type inventif et dispersé, qui trouvait ses idées en parlant, qui aurait voulu avoir fini avant de commencer. Moi, je me dessinais comme son négatif, j'étais le gars cérébral qui n'exprimait pas ses émotions autrement que sous la torture. Je vivais un peu dans son ombre. J'enregistrais le procès-verbal de ses liaisons secrètes, il me faisait le dépositaire unique de ses coucheries, sachant pouvoir compter sur mon mutisme. Le cloisonnement, la discrétion extrême, l'absence de réputation, étaient des clauses sans lesquelles son mode de vie n'aurait pu perdurer. Pour brouiller les pistes, il n'hésitait pas à laisser planer un doute de façade sur ses orientations sexuelles. Côté boulot, il considérait son personnel féminin comme tabou, se comportant de manière exemplaire et mettant la bonne distance.

« De toute façon, elle est trop jeune. Je me suis fixé une limite. Vingt-cinq ans. Je sais, c'est arbitraire, mais tout ce qui est en dessous passe à travers les mailles du filet. »

Il interpella la serveuse pour l'addition et je compris qu'il parlait d'elle.

« Au fait, je t'ai apporté ce téléphone, ça peut être utile de nos jours. T'inquiète, c'est le magasin qui paye les factures.

— Dans ce cas, je t'invite. Sois pas gêné, c'est avec ton pognon. »

Lorsque Richard Rust sonna chez moi, ma décision était prise : j'étais libre de mes journées, il fallait plus qu'un petit chantier pour m'effrayer. Cependant je ne lançai pas le sujet. Je le laissai venir. Avec son éternelle casquette de base-ball bouturée sur la tête, il déambulait dans le salon, un Carson-soda à la main, avant de tomber en arrêt devant mon panorama pour laisser fuser un long sifflement admiratif à travers sa moustache en radicelles de poireau.

« Dis donc, t'as bien avancé depuis la dernière fois… »

Et pour cause, il n'était pas monté jusqu'ici depuis au moins deux ans. Lointains étaient les premiers coups de feutre que je m'infligeais comme une pénitence, et le résultat était cette fresque clinique de quatre mètres sur deux.

Pour le reste, Richard ne fut pas long. Il s'agissait d'une bergerie dans les premières pentes des Kitzbull. Les héritiers n'étaient pas d'ici, ils souhaitaient liquider l'affaire au plus vite. Sur les conseils de Daniel Friedman, Rick et Myriam avaient tenté le coup avec une offre d'achat ridiculement basse, que les vendeurs avaient acceptée sans pourparlers.

Le mieux était encore d'aller visiter la trouvaille.

Aspen, Constitution, Pin-Bleu, Rick donnait l'impression de tortiller du cul dans la circulation, pianotant tout ce qu'il pouvait sur son volant pour juguler sa gaieté folle.

« J'ai remis le compteur à zéro, tu vas constater qu'on est à peine à six kilomètres du parc central. »

Je le sentais mal. D'abord il y avait cette façon dont Myriam m'avait pris avec des pincettes. Et surtout je redoutais le pire dès que j'entendais prononcer le nom de Dan Friedman. Lorsqu'il ne faisait pas mumuse avec sa boîte de parapentes, c'était pour faire joujou avec son agence immobilière. Le connaissant, Friedman était parfaitement capable de leur avoir refourgué une merde.

Nous abordions les premières côtes. Rick pouvait dire ce qu'il voulait à propos de la distance, les Carsonvillers purs et durs, grandis à Palissade ou dans les quartiers littoraux, appelleraient ça la campagne.

« OK, on arrive. Tu feras gaffe à tes yeux. La vue peut faire mal au début. »

Pour la vue, d'accord. Mais il faudrait tout refaire à l'intérieur afin d'arracher la bicoque aux siècles antiques où elle croupissait.

Alors pendant trois jours, Rusty et moi nous avions œuvré à tout démolir dans une orgie de poussière. Le soir, je rentrais au meublé plein de courbatures et je continuais à tousser du plâtre devant la télé, en dépit des vagues de bière glacée dont j'apaisais ma gorge. À la fin du carnage, je restais presque interdit de constater que la bergerie tenait toujours debout.

Il fallut ensuite se consacrer à l'évacuation d'un fort volume de briques plâtrières, faïence en miettes, boiseries désossées. Nous traversâmes plusieurs fois la ville à bord du camion que nous avait prêté Daniel Friedman. Forcés dans leur respect, les gars de la déchetterie nous décochaient des saluts militaires à nous voir débarder à grandes pelletées, torse nu sous le soleil cuisant, durs au mal et teigneux, de la race de ceux qui s'impliquent sans faille dans des tâches sans gloire.

Je n'avais pas pensé progresser aussi rapidement. À vrai dire, nous n'étions pas talonnés par l'urgence, mais nous accumulions de grosses vacations dans l'adrénaline de sentir pousser sous nos mains une œuvre magistrale. Et c'était souvent David, nous retrouvant après la fermeture du magasin, qui nous débauchait pour nous payer des tournées en ville.

Le samedi suivant, Myriam avait surgi à la bergerie pour nous encourager. À ma demande, elle m'avait taillé quelques bermudas dans les pantalons de travail hérités de mes années chez Vidal et fils. Elle m'offrit en plus un lot de T-shirts et une plante grasse dans un pot violet. « C'est juste un petit cadeau pour te remercier d'être là. »

Je manquai chialer de tant d'amabilité.

Un soir c'est moi qui avais fait le chemin jusqu'au magasin, David était sorti mais j'étais tombé sur Cypress. Et j'arrivais à pic : elle devait manger avec Dahl Salinas au Country Club et n'avait aucune envie de se fader ce vieux haricot toute seule. Ça ressemblait à une invitation. Je n'avais pas dit non.

Salinas n'avait rien du prolo ordinaire, il nous accueillit en blazer léger et foulard autour du cou. En plus de présider le Tennis Club, il exerçait la profession d'avocat d'affaires, pour ce que j'en savais, c'est-à-dire quasiment rien. Un jour que je lui posais la question, il m'avait parlé de capital-risque, d'intégration fiscale, de flux intragroupe, autant dire que je n'avais rien pigé. Accessoirement, il cultivait d'imposantes rouflaquettes et boitait comme un colonel sudiste.

David devait nous rejoindre, nous l'attendions au bar du Country, jus de tomate pour Cypress, cocktails pour nous. Le tournoi approchait, l'agitation était palpable,

Dahl subodorait qu'une édition exceptionnelle se fomentait, tant par la notoriété des principaux prétendants que pour les chances tangibles de voir un représentant de Carsonville aller au bout. Cypress ne put contenir un sourire de ravissement, et elle s'étouffa en saisissant que Salinas parlait de Gustavo Travnik.

« OK. Sympa pour moi…

— Oh ! excuse-moi, ma douce. Je te demande pardon. Mais…

— Je suis pas de Carsonville peut-être ? Ou alors c'est moins bien si c'est une femme ? »

Elle était partie se ronger les nerfs aux toilettes lorsque son frère poussa la porte de l'établissement, et après un second verre, nous prîmes place dans les jardins du club. Dalen et Salinas parlaient de l'organisation de la quinzaine, se chamaillant sur des questions de protocole, tandis que Cypress s'astiquait le nez jusqu'à l'os. La réitération du nom de Beverley Blanchard dans les échanges, en des termes laudateurs, avait détérioré davantage son humeur.

J'avais appris l'existence de cette joueuse à sensation par le *Carson-Matin*, sous la signature de Morshwiller, et puis le journaliste m'en avait parlé de vive voix, alors que je l'avais croisé un midi sur un trottoir d'Indépendance. Norbert sortait d'une échoppe à hamburgers, stetson de rancher posé sur son brushing, minibouc de poils enkystés. C'était la première fois que je le voyais depuis la soirée à Bellerive, soit quelques jours après notre razzia dans son deux-pièces, et comme si je l'avais quitté la veille, il me refit son cirque à propos de Patrick Gross-Patrick. Qui n'avait que 26 % dans le *Carson-Matin* et déjà fourrait son nez dans la ligne éditoriale. Qu'est-ce que ça serait s'il avait l'opportunité d'acheter des parts supplémentaires ? Il possédait déjà la moitié de la ville via la Carson Compagnie : sa holding régissait la scierie Gross-Patrick, les brasseries Carson, le casino, plus la flotte de transport, soit deux cents semi-remorques à sillonner le pays d'est en ouest. Deux mille cinq cents emplois directs. Sans compter la mairie, que Gross-Patrick gouvernait en oligarque.

À la terrasse du café où nous avions pris place sous les palmiers du parc central, il y avait quelque chose de risible à observer Norbert et sa cohorte de boîtes en polystyrène monopoliser la table, et en comparaison je me demandais si on ne m'avait pas servi mon expresso dans un dé à coudre. M'ayant rebattu copieusement les oreilles, il riait soudain la bouche pleine, à petits coups, en homme qui se réjouit de bientôt révéler des informations capitales qu'il est le seul à détenir. Le pire était que personne n'aurait contesté les accusations que répandait Morshwiller. Pas besoin de briller en sciences économiques pour imaginer les magouilles de Gross-Patrick. Avec toute cette puissance concentrée dans les mains d'un seul clan, ça ne pouvait pas être autrement que clientélisme et corruption. Mais de là à prouver quoi que ce soit, il fallait s'appeler Norbert Morshwiller pour prétendre y parvenir. Et il fallait non moins s'appeler Norbert Morshwiller pour affirmer que les Gross-Patrick avaient jugé utile de l'intimider. C'était ridicule, rien qu'à y songer trente secondes. Morsh se prenait pour un enquêteur, alors qu'il n'était que ce tocard qui plafonnait à la rubrique des sports depuis dix ans. Et si quelqu'un nous avait payés pour tout casser chez lui, rien n'indiquait la griffe des Gross-Patrick, surtout pas le bon sens. Ça pouvait aussi bien être n'importe qui dans le gotha sportif, tellement le reporter recourait aux allusions calomnieuses dans ses chroniques en vue d'attiser des polémiques juteuses.

À tout prendre, Norbert m'inspirait pitié. Je me souvenais vaguement de son grand frère, plus âgé, mort à l'occasion de cette excursion qui avait mal tourné dans les Rocafrias. Une randonnée en motoneige offerte aux employés méritants des brasseries Carson. Un pan de paroi rocheuse s'était désolidarisé sous l'effet du dégel, entraînant l'avalanche dans sa chute. Vingt-quatre morts, dont mes parents. Je me rappelais Morsh aux cérémonies, petit gros sujet aux persécutions, pantalon trop court, l'air sidéré du mec qui a fait caca dans sa culotte. J'avais huit ans et lui quatre ou cinq de plus, ses longs bras de chimpanzé lui tombaient comme s'il avait raté son train.

Mis à part la qualité de la nourriture, cette soirée au restaurant du Country ne présentait pas beaucoup d'intérêt. On n'entendait plus Cypress ; je la soupçonnais d'avoir coupé le son de ses prothèses, ça lui arrivait quand tout l'emmerdait. Même au repos ses biceps semblaient de bois, je n'avais rien à reprocher aux miens mais je n'aurais pas risqué d'argent dans un bras de fer. Je notai aussi qu'elle avait de nouveaux piercings dans les oreilles, dont elle exploitait le moindre relief. Lorsque son plat arriva, elle n'attendit pas pour attaquer ses spaghettis d'une fourchette rageuse, comme si elle les tenait pour responsables de sa rancœur.

De mon côté, ça me démangeait de sortir mon stylo pour dessiner, par exemple les grandes mains que Dahl agitait comme un chef d'orchestre. Soudain il immobilisa son regard sur moi avec l'air d'avoir trouvé une issue. Je n'avais rien écouté, mais je parvins à rembobiner une sorte de mémoire vive : convoyer les joueurs et les très importantes personnes pendant le tournoi, entre les hôtels et le Carson-soda Stadium, conduire une limousine six portes louée par le club, payé à la course. Là encore, je n'avais pas dit non, alternant la forme verbale et le simple mouvement de tête.

« Regarde, Jeff, on se rappelle tous du champion que tu as été. Si on peut te rendre service à présent… »

J'abusai de ce petit retour de gloire pour redemander à boire au sommelier d'un signal discret. Commander des bouteilles de vin faisait partie de mes plaisirs phares dans la vie, surtout lorsque je ne payais pas l'addition.

« Mais attention, tu ne prends aucun risque. Je ne veux aucune embrouille. Tu vérifies les niveaux chaque matin. Tu contrôles la pression des pneus. Tu laisses passer les piétons sur les clous, tu ralentis quand tu pressens que le vert va céder la place à l'orange. C'est bon, tu l'as ?

— Oh oui, je l'ai. »

À ce stade, il valait mieux négliger de l'instruire sur mes problèmes de permis, il serait toujours temps de présenter une vieille photocopie si jamais les bureaux du tournoi réclamaient quoi que ce soit.

Sur l'insistance de Cypress, je l'avais reconduite avant le dessert. Le jour durait encore, chaque minute était l'expression d'une lutte acharnée contre la nuit. Elle fonçait droit devant sur le parking, cuisses gonflées, dos taillé, ses bottines claquaient sur le bitume. Elle devait son physique monstrueux à son excellente préparation foncière ; pour le reste, une cure de produits un peu à la limite de la légalité avait favorisé sa prise de muscles. Le résultat était là. Je l'avais vue répéter une longue gamme de revers violents quelques jours plus tôt, avec sa prise très fermée et une rotation du bassin qui donnait beaucoup d'amplitude à son geste. Elle en imposait par sa puissance de frappe, et son cri donnait la chair de poule.

Celui qu'elle poussa en balançant son talon dans le feu avant du break était du même modèle foudroyant. Elle prit alors l'air étonné de celle qui ne connaît pas sa force, mais ne songea ni à s'excuser ni à ramasser les morceaux.

« *Mist !* Ce fils de chacal, je vais gagner rien que pour lui faire ravaler sa gueule. »

Chez les Rust, c'étaient de longues journées méticuleuses. Richard n'était pas un as du bricolage mais il avait pour lui d'investir un soin scrupuleux dans chaque exercice. C'était un bon point qui venait compenser sa propension à fredonner les mélodies décousues que lui inspirait son trop-plein d'excitation. Pour le suppléer à la supérette, Sophie-Noëlle prêtait main-forte à Myriam, tandis que son mari Daniel venait jouer les dilettantes sur le chantier.

Au terme d'une enfilade de journées bien remplies, nous avions installé les évacuations et la tuyauterie, les gaines électriques, puis monté les cloisons. Je mettais à profit ces tâches répétitives où l'on se retrouve seul avec soi-même pour réfléchir à Audrey. Je m'étais peut-être enflammé à Besse-Fontana au sujet de la reconquête, il fallait sans doute mettre cet emballement sur le compte de l'ivresse des solitudes. Et pourtant Audrey n'était pas étrangère à la minutie que je déployais dans les travaux de la bergerie, de la même façon que pour le panorama.

La satisfaction que j'avais ressentie à m'arracher les cheveux sur ma fresque, je la ressentais pareillement à la bergerie, née du besoin de construire quelque chose. C'étaient les mêmes ressorts : une manière de prouver aux autres que j'existais. C'était peut-être naze mais j'avais l'intuition de saisir une partie de ce que je cherchais, d'être sur la voie, d'aller où je devais aller. Le soir, devant mon dessin, je mesurais le chemin parcouru à l'envergure du résultat, surtout à me rappeler les circonstances douloureuses dans lesquelles j'avais tracé les premières lignes. Ça ressemblait à la fable du paysan qui laboure son champ à son insu, parce qu'on lui fait croire à l'existence d'un trésor enterré. Dans ma variante, j'avais creusé le champ pour oublier mon chagrin d'amour, et cette toile hors normes en était advenue.

Dans la foulée, nous avions reçu la chaudière et raccordé les radiateurs, puis posé d'une traite les carrelages du rez-de-chaussée avec le soutien du père de Myriam. Richard proclamait à qui voulait l'entendre que l'avion commençait à décoller.

« Je vais te rémunérer pour tout ça, avait-il certifié alors que nous mettions les dernières dalles dans la cuisine.

— Arrête tes conneries.

— Si, si, j'y tiens.

— Bon, à la limite, t'effaceras mon ardoise au magasin. Celle que j'avais pas vraiment l'intention de payer. »

Aux heures insoutenables de la mi-journée, je descendais parfois faire une pause sur les pilotis de Promenade, je piquais une tête et m'allongeais sur le bois chaud pour me gorger de calories solaires. Un midi, j'y rencontrai le Dr Jordan. Amie indéfectible d'Audrey, Marina faisait partie de notre bande du temps qu'elle sortait avec Fred, années de jeunesse dont elle avait conservé son impeccable carré noir de jais et sa maigreur de lévrier androgyne.

« D'habitude je vais du côté de la Patte d'Ours, c'est plus tranquille. Mais en ce moment je ne prends qu'une heure de break. »

Elle parlait d'une plage au nord du lac, réputée pour ses petits coins à l'écart où l'on pouvait bronzer en intégral. Nous avions bavardé pendant quelques minutes afin de nous mettre au courant de nos dernières nouvelles. Marina avait toujours une dent contre Rachel, et à ce sujet je ne tardai pas à comprendre qu'elle n'ignorait rien des développements récents : « Alors, comme ça, Fred a largué sa poufiasse ?

— Ah bon ? Au contraire, on m'a raconté qu'il s'installait avec elle. »

Elle eut son rire rauque puis ce fut un blanc. J'avais joué l'interprétation naïve mais le ton avait sonné narquois. Aussi je n'aimais pas qu'on s'en prenne à Rachel. De toute façon, il avait toujours flotté un soupçon d'embarras entre Marina et moi, nos discussions tombaient à plat ou tournaient à l'ironie un peu forcée. Ça tenait peut-être au rempart de sa personnalité, qui ne trouvait pas de passerelles avec le quant-à-soi de mon caractère ; l'inverse aussi pouvait s'envisager.

« Tu leur en veux encore ? conciliai-je. Après quoi ? Sept ou huit ans ? »

Elle portait son regard au loin, sur un canadair occupé à ravitailler au milieu du lac, et moi le mien sur le puzzle de ses os qui se dessinait en transparence sous son visage. Sa mâchoire semblait une pièce mal encastrée dans son portrait, lui conférant ce charme aride et violent, tout sauf académique.

« Non c'est de l'histoire ancienne. Et puis Fred voulait des enfants, il a bien fait de me larguer… »

À cette époque, elle était encore en fac de médecine, la même qu'Audrey avait plaquée et dont Marina avait triomphé pour ouvrir son cabinet. Nous l'avions connue quelque temps plus tôt, alors que ses parents débarquaient de je ne sais quel trou paumé pour ouvrir un restaurant. Un jour elle m'avait dit qu'il existait un monde au-delà de Carson : « Vous les Carsonvillers, vous ne sortez jamais de votre citadelle. Ouvrez au moins les yeux, regardez ce qui se passe autour. Et ne vous montrez pas si satisfaits de vous-mêmes. »

« Bon, faut que j'y aille. En ce moment c'est la mode des pharyngites, je te paye un resto si j'en vois pas défiler douze dans l'après-midi. »

Son jean était une seconde peau qu'elle investit avec une facilité déconcertante, mais elle s'empêtra dans son T-shirt et je saisis l'occasion pour lui demander si elle avait eu Audrey récemment.

« Tu la connais, elle voudrait être partout à la fois, elle bosse comme une folle. La dernière fois que je l'ai eue, elle préparait un cycle de conférences. Enfin, elle a sûrement prévu de venir pour le tournoi comme à l'accoutumée. »

Je me souvenais qu'elles avaient fait pas mal de danse toutes les deux, dans le style guenilles et pieds nus, et peut-être que Marina continuait. En tout cas, elle avait une dégaine de danseuse, sans que je puisse expliquer en quoi.

« Et toi, qu'est-ce que tu zones à la plage avec du plâtre plein les cheveux ?

— Oh, je bosse chez Richard, tu vois. Ils ont acheté une maison dans les Kitzbull.

— Tiens, il y a longtemps que j'ai pas vu Myriam. Est-ce qu'elle est toujours aussi chiante ?

— Bah… On était plusieurs à croire que la maternité la rendrait plus facile à vivre. On s'est gourés en fait. »

J'avais justement ruminé cette désillusion collective une partie de la matinée, le cerveau en roue libre à poncer les bandes de la salle de bains, pour en conclure que Myriam serait définitivement économe et laborieuse, jalouse et morose, paranoïaque et têtue.

Elle se présentait avec régularité à la bergerie pour nous monter ses paniers garnis, et à ses regards concernés sur les sacs de chaux ou les pots de peinture, je savais qu'elle en profitait pour s'assurer que nous ne gaspillions pas la camelote.

Plus jeune, combien de fois avait-elle cafté mes écarts de conduite à ses parents ? Plus qu'il n'en fallait pour que je lui en tienne rancune durant des décennies. Une basket trouée, une cigarette fumée derrière la palissade, deux malheureux lampadaires éborgnés à la carabine, et Myriam me rectifiait froidement de son petit rapport à l'autorité parentale. À tort ou à raison, le sentiment qui surnageait de ces années-là était la culpabilité d'être élevé par d'autres gens que mon père et ma mère, d'être un poids pour mon oncle et ma tante. Pourtant ils ne m'avaient jamais maltraité, et je leur devais en particulier de m'avoir encouragé à mes débuts dans le hockey, mais c'était Thérèse et Jerzy Dalen que je considérais comme de véritables parents d'adoption. Quant à mes géniteurs, ce que j'imaginais d'eux avait pris le dessus sur mes souvenirs.

Et subitement, Myriam ne supportait plus ses quatre murs sanglants sur Aspen. Elle vida les placards et commença les paquets, il n'y avait dorénavant rien de plus urgent pour elle que de se transporter dans la bergerie.

Rick céda un soir : « Tu as raison, mon petit miel. On pourra bientôt s'installer. »

Je ne voyais pas ce caprice d'un bon œil, mais techniquement c'était possible, alors je la bouclais. À vrai dire la baraque était viable désormais, rien ne s'opposait au déménagement, puisque les Rust étaient si pressés d'être des banlieusards.

Ce jour-là, j'arrivai le premier à la supérette. Puis David apparut, suivi par Bruno Loyola, vieux camarade des Lynx, gardien de but prodige. Depuis qu'il avait raccroché ses patins, il se laissait pousser un catogan en queue de castor.

On pouvait aussi compter sur la présence de Gustavo Travnik lui-même, et d'un certain Fayçal, une autre pousse du club dont on vantait les balles fuyantes et qui bénéficiait d'un carton d'invitation pour le tournoi. En cela, ils bravaient tous les deux l'autorité de Salinas qui leur avait défendu de participer aux opérations, le risque de se blesser étant trop important à l'approche de l'open. Dahl poussa jusqu'à téléphoner à Richard pour s'assurer d'être obéi, mais il tomba sur Myriam qui le rembarra copieusement.

Daniel Friedman complétait l'équipe, avec son camion et la cascade de ses cheveux confits sous une pellicule de laque. Je ruminais encore sa fourberie tandis que la caravane des véhicules chargés ralliait la bergerie ; non seulement il n'avait rien foutu de la matinée que de jouer avec son Zippo, mais le plus crispant était encore sa manière de minauder autour de David, qu'il idolâtrait pour ses succès en amour comme en affaires.

Là-haut, Myriam et Sophie-Noëlle nous attendaient de pied ferme, les copines de choc. Viviane était là elle aussi, un récipient de café à la main. Friedman l'embrassa, la collant de trop près. Il entrait dans ses manières d'agir de la sorte, à la frontière de l'inconduite. Il avait aussi la réputation de peloter les clientes dans ses deltaplanes.

« Ça va, ma belle ?

— Je suis pas ta belle. Garde ça pour ta femme. J'apprécierais. »

Friedman esquiva la mortification avec un rictus et je sus gré à Viviane de cette répartie cinglante, lancée avec assez de timbre pour parvenir aux oreilles de Sophie-Noëlle.

« Ta sœur, ça va ? lui lançai-je un peu plus tard, lorsque le plus gros fut vidé.

— *Guess*... Elle déprime un peu. Elle s'organise. J'ai cru comprendre que Fred ne se bousculait pas pour prendre les enfants... »

Je n'avais pas fait l'effort d'aller vers Rachel depuis mon retour de Besse-Fontana. Il aurait fallu que je l'appelle, j'en avais conscience. Elle aurait sans doute eu besoin de mon réconfort. Mais je tergiversais, surtout je ne tenais pas à jouer les arbitres entre les Cannizzio. Fred non plus, je n'avais pas essayé de le contacter, cela dit je présumais qu'il ne courait pas après ses copains pour le moment.

Le déménagement se conclut par un pique-nique dans le jardin. Cypress nous avait rejoints ainsi que Denise, la nouvelle du club, pour le plus grand ravissement de David. Il m'avait parlé d'elle plusieurs fois, de ses jambes, plus spécifiquement.

Les bières étaient délicieuses, ainsi bues dans la satisfaction de la tâche accomplie. Richard avait serti ses capsules sur la visière de sa casquette. Pour rigoler, il se fendit d'un coup de fil à Salinas. « Dahl, merde. Ça sonne mauvais. C'est Gustavo. Il s'est empêtré dans l'escalier. On l'a retrouvé en bas sous une armoire. D'après le chirurgien, ce n'est pas sûr qu'il reboite un jour. »

Myriam aussi semblait d'assez bonne humeur. Sa grimace était radieuse. Elle cachait sous son apparent renoncement un sourire désarmant lorsqu'elle voulait s'en donner la peine. Ou qu'il lui échappait. Quand son mari eut fini de faire grimper Salinas, elle se contenta de le rabrouer pour la forme, petit sermon débonnaire de celle qui passe l'éponge sur les facéties d'un incorrigible chenapan.

L'issue des travaux approchait tant nous redoublions d'efforts pour conclure au plus vite. D'ailleurs, les Rust avaient espoir de pendre la crémaillère avant le tournoi. Il restait quelque ouvrage à l'étage, dont les sols et la salle de bains. Puis le dernier gros morceau serait confié à Bruno Loyola, l'homme au catogan, dont le talent pour les papiers peints était tout sauf usurpé, et à propos duquel Richard m'avait révélé qu'il sortait avec Viviane.

Dan Friedman vint nous prendre un matin avec son camion pour aller chercher les lames de parquet. Il roulait à vive allure sur Pin-Bleu, tapant du pied sur l'accélérateur, ensorcelé par un disque de death metal. Il doublait tout ce qui se présentait, et ses cheveux enchâssés comme des plumes volaient dans les courants d'air. Au retour, nous déchargeâmes les lattes tous les trois, puis Richard retint Daniel à manger. Le temps que Rusty attrape des bières dans le frigo, je me retrouvai seul dehors avec lui, claquant son Zippo doré pour combler le vide : des fois, on avait envie de tuer des gens pour moins que ça.

« T'es au courant que Beverley Blanchard devrait jouer cette année ? J'espère seulement qu'elle ne sera pas plus habillée que sur les affiches… »

Il se référait aux abribus sur lesquels la joueuse incarnait la sensualité d'une marque de lingerie. Et sa blague semblait le ravir au plus haut point, pour preuve son ricanement de charognard qui ne tarissait pas.

J'avais de quoi justifier mon aversion pour Friedman, je ne le détestais pas sans de solides mobiles. Parmi les raisons qui m'autorisaient à voir une ordure en lui, il se trouvait une vieille histoire en particulier, une soûlerie de hockeyeurs qui s'était achevée à Bellerive, au troisième étage, un souvenir que je n'aimais pas me remémorer, même si je n'avais rien à me reprocher, si ce n'est que j'aurais pu avoir l'autorité d'intervenir sur le vif.

Sans doute que les deux filles n'étaient pas là par hasard, sans doute qu'elles n'avaient pas froid aux yeux, mais il y avait une marge pour affirmer qu'elles étaient d'accord, qu'elles avaient donné leur consentement. Le lendemain, elles avaient déposé plainte et l'enquête était remontée dans le bureau du procureur de district. Les témoignages étaient confus, compliqués à démêler, mais l'instruction aurait probablement été fatale à Fred et Richard sans l'appui de Jerzy Dalen, et surtout le concours de Ronald Gross-Patrick pour les sauver, eu égard à leur qualité de joueurs émérites.

En ce temps-là, rien ne résistait aux Lynx ; nous formions l'équipe qui allait réussir son fameux doublé en ligue universitaire sous l'œil bienveillant du vieux maire à la tribune d'honneur. Le patriarche se déplaçait en personne dans les vestiaires pour nous serrer la main avant les matchs et distribuer des pourliches, nous en promettant le double si on gagnait. Et même dans ces conditions, ce n'avait pas été si facile de blanchir Fred parce qu'il traînait pas mal de casseroles sur son curriculum, et alors Gross-Patrick s'était engagé auprès des sphères judiciaires à le caser à la scierie en gage de réinsertion.

Infortunément pour elles, les victimes n'étaient pas de Carson, ce qui avait simplifié le classement sans suite. L'affaire ne s'était pas ébruitée. On ne sut jamais vraiment ce qui s'était produit ce soir-là. Sauf que je me rappelais fort bien avoir surpris Friedman en train de fourrer son machin dans la bouche de l'une des filles, alors que celle-ci pouvait à peine l'ouvrir, ou qu'elle ne parvenait pas à la fermer.

Plutôt que de pique-niquer avec eux, j'avais préféré retourner au meublé finir les restes du frigo. Peut-être que ce n'était pas une bonne idée. Ou peut-être que ce n'était pas une bonne idée d'ouvrir la porte lorsque Shannon sonna.

« J'ai vu ton corbillard minable en ville. Je me suis dit que tu avais réapparu… »

Ses lèvres étaient peintes au rouge et des papillons noirs pendaient à ses oreilles.

« Oui, j'avais besoin de vacances. Des problèmes au boulot, tu vois…

— Oh ! mais je vois très bien. J'ai eu le plaisir d'apprendre de la bouche de ton remplaçant que tu ne travaillais plus là. Après avoir laissé deux ou trois messages assez salés sur ton téléphone. Enfin, le sien, de fait. Tu es fier de toi ? »

Il valait mieux ne pas répondre, la laisser flâner dans le salon, dépoussiérant d'un doigt le vieux casque de hockey posé sur la télévision, exerçant des regards d'antiquaire sur un baudrier d'escalade et ma collection de craies à silex. Et je n'avais jamais vu personne marcher aussi lentement.

« Tiens, tu as une plante verte maintenant ? Maintenir un végétal en vie c'est dans tes cordes ? »

Elle me tenait. Je ne pouvais pas m'empêcher de la désirer à renfort de pulsions obscènes. Je savais qu'il n'y aurait qu'à soulever sa robe.

« Tu sais, je ne t'ai pas attendu. J'ai renoué avec les galas, les pince-fesses. J'ai rencontré quelqu'un. Il est très pris mais nous vivons une aventure intense, j'ai l'impression de planer en permanence. C'est une personnalité importante à Carsonville. »

Je ne lui demandai pas qui était ce grand homme, ni ce qu'elle fichait ici à ce compte-là. Au lieu de ça je fondis sur elle, et elle ne montra qu'une opposition de fortune, une raideur de façade qui ne me dissuada nullement de baisser la fermeture de sa robe. Après quoi, je lâchai mes instincts.

L'essentiel s'était produit le long des trois ou quatre mètres de couloir qui menaient à ma chambre, dans lequel nous avions titubé aux bras l'un de l'autre, pour s'achever cinq minutes plus tard sur mon lit, hors d'haleine. Déjà Shannon renfilait son soutien-gorge, distillant une petite vacherie : « Je suis un peu désappointée, tu étais mieux foutu que ça dans mes souvenirs.

— Merci. J'apprécie. C'est adorable. »

Alors je l'attrapai par le poignet pour l'attirer à nouveau. Elle eut un sursaut d'étonnement en comprenant que ce n'était pas terminé, échappa un rire de gorge et se mit de bonne grâce à quatre pattes. « Ça te réussit les vacances, fit-elle en se replaçant une mèche de cheveux. On dirait que je t'ai manqué… »

Richard m'attendait sur le chantier mais ça n'existait plus. Shannon mouvait son fessier à belle cadence, les papillons se balançaient à ses oreilles, son dos ressemblait à une piste de décollage, puis ce fut le passage terrible des canadairs qui repartaient vers les Rocafrias, bourrés de flotte, les fenêtres tremblèrent, et sous le grondement qui écrasait tout j'associais le ventilateur du plafond aux pales d'un hélicoptère, je sentais la chaleur monter de mes jambes, descendre de mon ventre, c'était comme être dans une centrifugeuse à deux doigts de voler en miettes.

Il y eut d'autres épisodes, parvenir à satiété me semblait chose impossible. Plus tard, j'y repenserais en grimaçant, seul dans mon fauteuil.

Je n'avais pas tout mon équilibre en quittant la pièce pour boiter vers la salle de bains. Deux heures d'horloge avaient passé pendant lesquelles je m'étais montré lubrique et incivil, contre-nature, brutal et vicieux, multipliant les prospections avec une licence dont je ne me savais pas capable. Sous la douche, je m'effarai de ce comportement. Ce n'était pas tant la perversité qui m'effrayait que la perte de contrôle. Je n'étais pas moi-même, j'avais agi dans un état de conscience corrompue par le manque et le fantasme. Maintenant je me sentais piteux comme au lendemain d'une absorption inconsidérée d'alcool, quand le flash d'une conduite trop désinhibée vous revient en tête. J'hésitais à m'excuser, et même j'étais sur le point d'émettre un repentir lorsque je retrouvai Shannon dans le salon. Mais elle me prit de vitesse avec ce commentaire incongru sur mon panorama, précipitant le retour du quotidien le plus banal : « Oh ! tu as même pensé à dessiner le petit faucon sur le dôme de la mairie, c'est mignon… »

Ce fut la cavalcade dans l'escalier, puis les garçons de Rachel et Fred se pressèrent à notre rencontre. Nous avions travaillé toute la journée, Richard à parqueter le couloir du haut dans le fracas d'un banc de scie, et moi à plaquer la faïence dans la salle de bains. Ma gâche était bien épaisse, agréable à étaler, belle à en manger. Je saluai l'irruption des bambins en actionnant joyeusement ma disqueuse. Leur mère ne tarda pas à se manifester, je dus convenir du plaisir de la revoir. Denise suivait ainsi que Cypress avec Thea dans les bras. « Richard, tu devrais savoir que ta fille a violemment chié dans sa couche. »

Les outils rangés, Rick et moi buvions une petite bière près du frigo, avec les filles qui s'activaient à déballer les courses et Cypress qui sautait partout. Elle ne cuisinait pas, c'était un fait établi, mais Rachel semblait prendre les opérations en main. « Vous puez les mecs, fit-elle. Et puis restez pas dans nos pattes. »

En conséquence de quoi, nous avions migré au salon, dans les fauteuils de cuir dont les Rust s'étaient meublés récemment, un verre d'alcool à la main. Richard avait servi des doses spectaculaires pour éviter d'avoir à se relever. À tel point que Myriam, qui venait de rentrer à son tour, lâcha cette salve aux propriétés vexantes : « Allez-y. Continuez de vous la couler douce. Discutez. Je passerai l'aspirateur demain. Si j'ai besoin de rien, je vous demanderai… »

J'allais lui rentrer dans le lard, elle dut le sentir.

« Ça va, je plaisantais. C'est un canular. » Et elle mima ses guillemets insupportables pour mieux revendiquer sa posture d'incomprise.

Puisque nous y étions ainsi autorisés, nous n'avions pas bougé des fauteuils, confortables au possible. Thea dormait comme une chatte sur les genoux de son père. Nous ne parlions pas. J'absorbais le liquide brûlant, presque par capillarité, le laissant s'infiltrer entre mes lèvres. Une odeur de lasagnes magnifiait l'atmosphère, et j'observais Amin et Gino qui jouaient sur le plancher, dans la lumière tombante, leurs petits pieds saucissonnés dans les sandalettes. En les voyant pleins d'insouciance, sachant ce que je savais sur la vie, et par où ils passeraient immanquablement eux aussi, j'avais envie de leur transmettre des messages, leur dire que tout n'était pas pourri, qu'il faudrait souvent se battre, contre soi-même pour commencer, qu'il y aurait des doutes, de sales périodes, beaucoup d'adversité, mais qu'il restait encore des trucs chouettes, que la planète n'allait peut-être pas sauter tout de suite.

Trash ! J'étais d'humeur sombre. En réalité, je ne croyais pas trop au succès de cette soirée. J'avais pris une douche mais je persistais dans la fatigue, un peu fiévreux. Être confronté à Rachel et Myriam dans ce contexte, subir leurs humeurs, voire leurs récriminations, ce n'était pas dans mes compétences. Et Cypress qui ne perdrait pas une occasion pour souffler sur la moindre braise.

Ce fut pourtant un bon moment, malgré ma réticence, simple et chaleureux. Parfois, on ignore pourquoi, les convives se détendent simultanément, peut-être sous l'effet d'une blague indolente, d'un verre tombé à point, avec juste ce qu'il faut de charge alcoolique. Rachel n'y était pas étrangère. Puisant dans son quotidien à l'hôpital psychiatrique de Carsonville, elle avait fait mouche en soustrayant deux ou trois anecdotes à la déontologie professionnelle. De son côté, Cypress balançait des ragots sur ce vieux misogyne de Salinas, fidèle à sa manie de l'habiller pour l'hiver dès que le nom du président revenait dans une conversation. Nous mangions dans la cuisine qui sentait encore la peinture, Myriam avait mis une nappe en papier, et ça se révélait une excellente idée parce que j'avais sorti mon crayon et entrepris de crayonner Rachel sur le vif, sa longue masse de boucles noires et brillantes, une partie rassemblée en queue-de-cheval.

Pour finir, j'avais cédé à la demande générale et lancé une tournée de crêpes. À force d'apporter des desserts chez les uns et les autres, je m'étais forgé une petite réputation de pâtissier, et le fait est que je boudais rarement mon enthousiasme à dévoiler les acrobaties dont j'étais capable avec une poêle.

Le soleil avait basculé depuis longtemps derrière les montagnes lorsque j'avais raccompagné Rachel et les enfants à demeure. Nous traversions le bouillon clair de la nuit sous les candélabres, sans que personne ne parle dans la voiture, cyclope dont je n'avais toujours pas pris la peine de changer le phare démoli par Cypress. Mais aussi, c'était la plaie pour trouver ce modèle hors d'âge.

C'est sans invitation particulière que j'avais remonté la petite allée qui grimpait jusqu'à la porte des Cannizzio.

« Qu'est-ce que tu veux boire. Une bière ? Je te fais un thé ?

— Je sais pas, comme toi, je suppose. Qu'est-ce que tu prends ?

— Rien, je vais encore pisser toute la nuit. Oh ! et puis tant pis ! T'as qu'à faire une tisane pendant que je vais coucher les mômes.

— T'as raison, on a qu'une vie. On ne sait pas où on laissera ses os… »

Maintenant Rachel croisait les jambes sur le canapé, et je n'en finissais pas de m'avachir dans le fauteuil d'en face, un spécimen rasant, court sur pattes, dans lequel on s'enfonçait plus que de raison. C'était un instant parfaitement inutile, comme il n'en existe pas assez dans la vie ; je me sentais bien, assez à l'aise pour mettre les pieds sur la table basse, et en même temps j'éprouvais l'étrangeté de me trouver seul avec Rachel dans ce qui n'était plus tout à fait la maison de Fred.

Pas besoin de se mettre en frais d'imagination pour deviner qu'elle me parlerait de lui incessamment.

« Tu te rends compte, il m'a dit qu'il en avait marre de la vie de famille !

— Oui, effectivement. C'est pas malin de sa part.

— Pas malin de sa part ? Là, tu me tues ! Et si moi j'en disais autant ? On ferait quoi ? On abandonnerait les enfants parce qu'on en a marre d'être parents ? Je te rappelle qu'il a tout plaqué sur un coup de tête ! Il m'a écartée d'un revers de main. Pour une garce ! À cause de sa petite queue minable…

— Comment tu t'en sors avec les enfants ? »

Elle n'avait pas trop le choix. Elle les laissait chez ses parents ou chez Viviane. Elle hésitait à plaquer l'hôpital, chercher un autre boulot avec des horaires de journée.

« *Mist !* Tu sais qu'elle a douze ans de moins que lui ?

— Ouais, il me l'avait dit…

— Comment ça, il te l'avait dit ?

— Hein ? Je sais pas, il me l'a dit, c'est tout. J'ai oublié, ça fait longtemps.

— Tu vas me faire le plaisir de t'expliquer. Depuis quand t'es au courant ? Je m'en doutais de toute façon… Tu fais chier, Jeff. »

J'avais eu tort de me découvrir de la sorte, dans ces cas-là il faut la boucler, ne rien dévoiler, pas même le détail le plus anodin. Je fis trois pas vers la fenêtre et j'utilisais ce temps pour polir une réponse.

« Ne rends pas tout mauvais… Il m'en a parlé en début d'année. Je lui ai dit de réfléchir. Il pensait que c'était le grand amour, comme tu l'imagines. Je lui ai dit de relativiser, d'arrêter de jouer au con. »

Rachel m'avait rejoint près de la fenêtre. Elle planta ses yeux dans le paysage nocturne, semblant y puiser les mots pour véhiculer jusqu'à mes oreilles l'exacte dose de mépris que lui inspirait mon attitude.

« Casse-toi, je veux plus te voir.

— Rachel…

— Il n'y a pas de Rachel qui vaille.

— Comme tu veux, Rachel… »

Qu'à cela ne tienne. Tout ça devait me retomber dessus un jour ou l'autre, c'était couru d'avance. Après tout, je m'en fichais. Ce n'était pas moi qui l'avais plaquée, non plus. Le break croisait lentement sur Pin-Bleu. Au coin de Constitution, je m'arrêtai en double file devant une boutique de liqueurs pour acheter quelques bières.

Il y avait encore du monde sur les plages, des promeneurs sur les pilotis, d'autres allumaient des braseros sur Promenade, les mêmes qui avaient posé les banderoles sur Aspen la semaine dernière, dénonçant un plan de licenciement à l'œuvre aux brasseries Carson.

Rachel allait me faire la gueule deux semaines, c'était le tarif, ça faisait partie du processus. Tout de même, je trouvais qu'elle y allait fort. J'y songeais encore au meublé, tandis qu'une eau fraîche me ruisselait sur le crâne. Deux ans plus tôt, Rachel et moi, on s'était comportés comme des imbéciles, par une fin d'après-midi bizarre. J'avais sonné chez les Cannizzio un peu par hasard.

Fred était absent, ça ne m'avait pas empêché d'entrer. Rachel cuisinait, je me tenais à côté à contempler les opérations, et d'un coup nous nous étions retrouvés beaucoup trop proches. Nos lèvres s'étaient frôlées, alors que rien ne le laissait présager, sans que l'initiative en revienne plus à l'un qu'à l'autre.

« Excuse, c'était con, avais-je dit comme elle s'écartait.

— Non, c'est pas con. Mais c'est pas bien. »

Elle avait raison, néanmoins elle était revenue m'embrasser, et mes mains n'avaient pas attendu pour se mettre en action, cédant au siphon qui m'aspirait jusqu'à ne plus distinguer aucun enjeu. Plusieurs boutons avaient sauté, et c'était moins une pour que nous allions au bout. Alors, sauf erreur de ma part, le péril de la situation avait d'abord retenti à mon cerveau. Je n'en tirais aucune gloire. Mais c'est grâce à moi que nous avions stoppé notre élan, au bord du gouffre, chacun retrouvant son souffle et ses esprits. On s'était séparés bons amis, soulagés à parts égales, et je m'étais rincé les mains pour effacer le souvenir de cet après-midi troublant.

À ce moment-là je n'étais pas allé trouver Fred pour tout lui raconter. Et pourtant je m'en voulais terriblement. Alors aujourd'hui j'aurais apprécié que Rachel tienne compte de cet épisode, si ce n'est dans sa manière de condamner son mari, au moins pour tamiser ses reproches sur le mutisme que j'avais maintenu comme un couvercle sur l'infidélité de son mec.

En sortant de la douche, je me sentais déjà un peu patraque, et j'allais suer des clous toute la nuit sous l'effet de la fièvre. Un rêve reviendrait à maintes reprises, celui d'un cactus qui me poussait entre les jambes. Il me fallut plusieurs minutes pour émerger du cauchemar, le temps d'en contester les allégations, comme on cherche un antidote. L'instant d'après, ça me brûlait à la miction.

Je me fis porter pâle auprès de Richard et puis je m'étais collé devant un documentaire animalier avec un litre de thé glacé. J'avais sans doute besoin d'une journée promise à l'inaction pour retrouver mon entrain naturel. Mais mon état se dégrada au fil de la matinée, au point que je dus appeler Marina Jordan.

« C'est urgent ? C'est grave ? »

Un abcès turgide à souhait, d'où s'écoulait un filet de pus, voilà ce à quoi ça ressemblait, mais je n'eus pas la bravoure de lui verbaliser ces stigmates.

« *Guess*… Eh bien, je crois que oui, en définitive.

— Tu as des symptômes ?

— Oui, oui… je te les amènerai…

— Bon, viens dès que tu peux, je te caserai entre deux consultations. »

Le temps de sauter dans mon break, et je pénétrai dans la salle d'attente à l'instant où Marina évacuait son patient en cours. Elle m'accueillit sans délai, m'épargnant de ronger mon frein sur des magazines périmés ou un téléachat désespérant. Tout était allé si vite, et à l'heure de me débraguetter je fus rattrapé par la pudeur. Aurais-je préféré qu'un barbu ventripotent m'ausculte ? Certes non, même si c'était déplorable de s'exhiber dans cet état aux yeux du Dr Jordan. Nonobstant, elle n'eut pas besoin d'enfiler ses lunettes pour être catégorique : blennorragie.

« C'est une infection de l'appareil génito-urinaire due à un gonocoque. Une chaude-pisse, autrement dit.

— Oui… le mot colle bien. »

Marina prit le temps d'une palpation, mais à mon avis ce n'était que par acquit de conscience. Puis, s'approchant du lavabo, elle lâcha que ça la changeait des rhinos.

Je pus me rhabiller, j'attendis sa prescription dans un silence affligeant. Pour finir, je quittai le cabinet comme un paria, médusé qu'elle daigne m'embrasser sur le seuil de sa porte.

« Fais un peu de tri dans tes fréquentations. Tu peux aussi te protéger, c'est pas mal non plus. Et prends rendez-vous pour des examens sanguins, on doit vérifier que tu n'as pas autre chose… »

Jusque-là je n'avais pas réfléchi au sujet en termes de responsabilités, mais maintenant que le diagnostic était clair, mes soupçons allaient spontanément vers Shannon. Qui d'autre aurait pu me refiler cette saloperie ?

Sous l'action du traitement de Marina, je reconstituais lentement mon intégrité physique et mon amour-propre.

Je regardais la télé sur mon canapé, j'alternais les matchs de hockey, les matchs de tennis. Dans l'euphorie du rétablissement, je me surprenais à siffloter au-dessus de la cuvette, quand au plus fort de la crise je sanglotais en pulsant de la lave au compte-gouttes.

Des trois ou quatre journées consacrées à me requinquer, la première fut marquée par la visite du gros Rick, qui était monté avec un sac de vivres, et la dernière par la venue de David, qui s'était muni des récentes éditions du *Carson-Matin*. Où l'on apprenait que tout était rentré dans l'ordre aux brasseries, la grève finie, les ouvriers de retour au boulot, sauf ceux qu'on avait mis sur le carreau. Mais alors que les chaînes de production tournaient à nouveau, un des types congédiés était revenu pour ouvrir le feu dans les ateliers, tuant douze collègues avant de retourner son arme contre lui.

À l'un comme à l'autre, j'avais simulé une bonne vieille rhino carabinée, puisque c'était de saison. Rick ne s'était pas éternisé chez moi, s'enfournant quelques tacos avant de repartir ventre à terre à la supérette. Mais parce qu'il n'était pas aussi pressé, Dalen avait pris le temps d'admirer mon panorama, avant de me convaincre de manger un bout en front de lac.

Il venait de s'acheter un nouveau pick-up. Le long des avenues principales, les employés pavoisaient les lampadaires aux couleurs du tournoi, d'autres installaient les écrans géants qui transmettraient les matchs dans le parc central. Nous avions dégotté une table avec une visibilité parfaite sur le flot des passants, et mon camarade me décrivait les déconvenues que lui inspirait une femme mariée qu'il travaillait depuis des semaines. Son désenchantement n'avait duré qu'une seconde, déjà il envoyait des messages, préméditant son prochain rencard. Il y avait cette aptitude étonnante en lui, ce talent à ne jamais avoir de doutes, à être toujours dans le mouvement. C'est ce qui faisait de lui un être joyeux et désespérément puéril. Moins d'une minute plus tard, il me demandait si j'avais besoin d'argent.

Je ne savais pas ce qu'il cherchait au juste, avec les filles. Ce n'était pas de la concupiscence ordinaire, dans le sens où il sélectionnait ses partenaires avec soin, privilégiant la singularité d'un spécimen plutôt qu'une redondance de beautés stéréotypées. Une fois, il s'était comparé à un esthète acharné assis derrière son piano, brodant la même mélodie inlassablement, sans jamais aligner tout à fait les bonnes notes dans le bon ordre, mais gardant espoir sur ses chances d'y arriver. Alors depuis ce jour-là, à ceux qui s'inquiétaient de son incapacité à se caser, je répondais qu'il finirait par tomber sur l'oiseau rare, mais que cela risquait d'être long.

Un petit vent lacustre s'était déclaré à la fin de notre repas, pénétrant la ville par ses canaux, et David se remémorait tout haut des souvenirs de l'âge d'or des Lynx, telles les opérations fortes qu'organisait notre entraîneur, ancien chasseur à skis, qui consistaient à grimper des pentes avec un barda complet toute la journée, construire des igloos pour y passer la nuit, redescendre au matin à pleine glisse. Cela remontait à l'époque où le lac se transformait chaque hiver en joyeux champ de glissades.

Après ça, il prit le temps de consulter son téléphone avant de lâcher : « Au fait, tu vois toujours ta vieille chaudière ? »

Il avait parfois de ces visions extralucides. Je prétendis que non, alors que l'image de Shannon continuait de me tourmenter, laissée pour morte sur mon lit dans une posture d'abandon, les parties génitales boursouflées.

Il y eut entre nous un silence avant que David ne conclue : « T'aurais dû dire oui quand les Yétis voulaient te débaucher… Combien ils étaient prêts à te filer déjà ? Cette année-là, tu aurais pu partir n'importe où et devenir ce que tu méritais d'être… »

Dalen m'avait ramené à l'appartement depuis vingt minutes à peine lorsque les flics s'annoncèrent chez moi. Leur façon virile d'ébranler ma porte tranchait avec leur sexe ; elles étaient deux, rondes, porteuses de queues-de-cheval, avec des taches de sueur sur les polos et des revolvers dans leur ceinturon.

Je ne m'attendais pas à les voir brandir un mandat d'arrêt pour effraction chez Morshwiller, mais le rapprochement avec cette sombre équipée s'imposait de lui-même. Aussi je fus soulagé lorsque la brune me demanda si je connaissais Mme Lebeuf.

« Shannon. Oui je la connais.

— C'est bien ça le problème. »

J'avais beau me creuser, je ne voyais pas pourquoi. Certes Shannon était une maudite fouteuse de blenno, certes j'y étais allé fort avec elle dans le registre de la dépravation, mais ça ne justifiait pas une descente du département de police.

« On a une plainte pour harcèlement. À votre encontre. Disons une plainte informelle… »

Je bredouillai quelques mots-clés comme un écho : *harcèlement, Shannon, plainte*, tandis que mon interlocutrice occupait lourdement le canapé, les coudes posés sur les genoux.

Celle qui n'avait pas encore ouvert la bouche portait des talons et ne savait pas marcher avec, ainsi qu'elle le prouvait à sa façon de clopiner sur le parquet. Son sac en bandoulière lui sciait la poitrine en deux protubérances sujettes au strabisme. Feuilletant un album photo, elle me demanda si j'avais participé à la grande épopée des Lynx, à quoi je répondis par l'affirmative, puis, stationnée devant ma console, elle opina que j'avais du talent comme dessinateur. Cette visite n'avait rien de bien méchant en définitive.

Soudain, la grosse brune était debout. Elle banda son regard sur moi.

« Il faut arrêter de la fréquenter. C'est mal vu. »

À peine mes premiers mots lâchés, je sus que je n'obtiendrais pas de réponse, mais je demandai malgré tout par qui c'était mal vu.

« Fin de l'histoire. Est-ce que je suis claire ? Sinon on serait amenés à se recroiser… »

Le climat fut inconstant jusqu'à l'enterrement de Thérèse Dalen. Les masses d'air moite se fracassaient sur les flancs des Rocafrias. Il pleuvait par intermittence. Et pendant les intermèdes, les nuages de chaleur écrasaient la ville.

Une semaine plus tôt, les premières gouttes avaient fuité un matin sur Carsonville, puis l'événement s'était suivi d'une belle averse en fin d'après-midi. Des gens dansaient dans les rues en levant les bras au ciel. Le *Carson-Matin* y consacra plusieurs fois sa une. Il y eut des processions les jours d'après, des prédicateurs qui donnaient libre cours à leur véhémence dans le parc central.

Il ne tombait cependant pas assez d'eau pour juguler les incendies qui progressaient dans les Rocafrias, rongeant des milliers d'hectares.

Le sort de Thérèse s'était joué très vite, une sale bronchite, une vilaine chute, la polyclinique, les complications. Les poumons étaient atteints, ce n'était pas nouveau.

Audrey était revenue à Carson, sa présence m'électrisait en dépit des circonstances. J'avais un sentiment terrible dans l'estomac. Tous les soirs il se tenait une sorte de conseil de famille à Bellerive, auquel s'agrégeaient Rick et Myriam, ainsi que la mère de Rick, c'est-à-dire la jeune sœur de Thérèse. Je n'avais aucune raison d'en douter, mais j'étais profondément heureux d'en être.

Ce fut terminé en quelques jours.

Le cimetière surplombait la basse ville, terrasse à mi-pente sur les contreforts de la Corne de Vache. Les funérailles avaient débuté sous de sombres nuages. Depuis le matin, le ciel avait des plans comminatoires. Il y eut soudain une expectoration de grêle, aussi fortuite qu'éphémère, et aussitôt le soleil revint. J'avais tergiversé sur ma tenue, Thérèse aurait préféré me savoir en jean et baskets, comme à l'accoutumée, et malgré tout j'avais cédé à l'étiquette, ne souhaitant pas me faire remarquer davantage.

Avec mon coquard et mes lèvres amochées, j'étais déjà loin de passer inaperçu dans les allées de graviers, pourtant je n'étais pas désireux de donner la moindre publicité à cette péripétie. À tout le monde je prétextais une échauffourée avec deux pompiers pris de boisson dans un bar de Palissade, sauf David à qui j'avais servi une version plus authentique, invoquant Shannon Lebeuf et la jalousie d'un rival.

Nous étions une cinquantaine, en demi-cercle autour de la tombe, à boire la tasse du passé. Des essaims d'oiseaux tournaient au-dessus du lac, comme des drapeaux qui claquent. Je fermais les yeux pour descendre au fond du puits des souvenirs, en une espèce d'hommage intime, seul avec mes pensées mélancoliques pour cette femme qui savait témoigner autant de considération à ses enfants qu'à leurs amis.

C'est elle qui m'avait appris à me tenir droit à table, lever les coudes, mâcher la bouche fermée ; ce n'était sans doute pas ce qu'elle aurait voulu qu'on retienne à l'heure du bilan de sa vie, et pourtant je lui savais gré d'avoir pris la peine de m'inculquer de telles manières, sans lesquelles on ne sortait pas avec une fille comme Audrey Dalen.

Plus jeune, Thérèse s'était illustrée dans tout ce que l'époque comptait de mouvements féministes, anti-armes, pro-climat, égalité raciale. De vieilles photos la montraient tête rasée, ou sous un masque à gaz en pleine émeute urbaine. La rumeur disait encore qu'à six ou sept furieux ils avaient fomenté le plan de démolir un labo sur la côte, qui produisait des herbicides de synthèse, mais le camarade avait sauté en fabriquant la bombe dans son garage. Un peu plus tard, elle avait tenu un rôle au sein d'une liste municipale d'alternance, avec un projet de piétonnisation de grande ampleur dont la maquette se trouvait toujours dans son bureau à Bellerive, mais Ronald Gross-Patrick avait à nouveau emporté la mairie.

C'était curieux dans ces conditions de la retrouver mariée à Jerzy Dalen, autodidacte aux opinions franchement libérales, fils d'immigrés parti de zéro en vendant des fruits dans la rue à l'âge de quinze ans. Il était là lui aussi, avec son nom gravé sur la pierre. Je l'avais toujours connu les cheveux blancs, coiffé comme un chat de gouttière, chemise tendue sur son poitrail débordant de poils, un barreau de chaise cloué au coin de la bouche. Il vous mettait sans arrêt sur le gril avec ses questions existentielles ; on finissait par s'y accoutumer quand on le connaissait, mais au début j'avais la trouille. Jusqu'au bout il avait gardé son allure de colosse au cou de taureau et sa présence formidable. À ce que j'en savais, c'était le tennis qui les avait réunis tous les deux. Lui pour avoir présidé le club deux décennies durant. Elle pour y avoir joué longtemps, avant de devenir l'entraîneuse d'Audrey, puis de Cypress.

Il y eut un buffet à Bellerive, dressé autour de la piscine pour une poignée d'intimes. Le soleil tamponnait la façade de pierres brunes. L'air enflammé descendait des Rocafrias, chargé d'un crachin de fumée toxique. David avait sorti la bergère de Thérèse mais personne ne semblait décidé à en profiter. Je m'en sentais la légitimité, et même une certaine fierté une fois assis.

Après l'épreuve, chacun y allait de ses anecdotes. L'atmosphère s'adoucissait sous l'effet de quelques plaisanteries. La Louve Arctique portait un chemisier noir, avec des pièces de dentelle brodées sur le devant, elle avait de belles lèvres, juste ce qu'il faut de pulpe et de rubis. Je luttais contre les scènes érotiques qui menaçaient de m'envahir. Je ne la voyais pas comme un simple corps humain, avec une tête, des bras, de la peau, des os. Je la concevais en tant que volume de chair active sur laquelle on s'abandonne au plaisir d'une façon ou d'une autre. Je savais à quoi elle ressemblait, une fois déshabillée. Alors que nous nous croisions dans le vestibule, elle me rappela combien elle n'avait jamais pu saquer les animaux empaillés, tout comme sa mère, formulant le vœu que la tête de cerf accrochée au salon soit vivement soustraite à sa vue.

Un peu plus tard dans l'après-midi, Rachel s'était approchée pour dissiper la brouille qui perdurait entre nous depuis cette fin de soirée chez elle.

« On a besoin de parler, Jeff. Je voulais m'excuser. J'ai été dure avec toi. Donne-moi une chance de fixer ça.

— Oh, c'est rien… Tu sais qu'il m'en faut plus. »

Voilà ce qu'on répond généralement lorsqu'on n'est pas doué pour recevoir des excuses.

« Tu aurais pu prendre de mes nouvelles aussi… », poursuivit-elle le lendemain, alors que j'étais venu la chercher pour une randonnée avec Amin et Gino à la cascade de Pin-Bleu.

Au-dessus du lac, il pendait du ciel une lumière d'ampoule sale. « Pas un coup de fil pendant des semaines… J'avais fini par croire que tu étais du côté de Fred. Tu ne pensais pas que j'aurais envie de te voir ? »

Dans le vieux télésiège qui nous hissait au col du Cavalier-Blessé, nous avions discuté d'elle, de la situation, des enfants. Les difficultés du quotidien, l'injustice de la condition féminine, je compatissais. Puis Rachel avait continué son récit tandis que nous redescendions à pied par un sentier qui gagnait le lac au départ de la cascade, avec les gosses à l'avant-garde. Elle avait subodoré les tromperies de Fred, c'était comme un sixième sens, il avait fini par tout admettre, avant de disparaître. Je lui prêtais une oreille attentive, et même une épaule charitable, je rattrapais le temps perdu. Je regrettais publiquement de ne pas l'avoir appelée plus tôt, c'était nul de ma part. Et au bout d'un moment, je parvins à être contagieux dans ma façon de manier la dérision, au point qu'elle sécha ses larmes.

L'après-midi avançait, et nous avions trouvé un bel emplacement sur un carré de pelouse pour déguster ces muffins aux myrtilles que j'avais préparés pour l'occasion. Non loin, le torrent formait une petite plage, sur laquelle Amin et Gino s'étaient mis à batifoler.

« En tout cas, ils t'ont pas loupé ces connards. Tu as vu les dommages qu'ils t'ont faits ? »

J'avais l'habitude de digérer mes tourments tout seul ; je préférais m'épargner la pitié des autres, les solutions qu'ils ne peuvent pas s'empêcher de vous soumettre, et l'énergie perdue à leur démontrer que leurs conseils sont à côté de la plaque. Toutefois, s'il y avait quelqu'un à qui je pouvais dire la vérité, c'était bien Rachel. En général, j'appréciais ses intuitions. Aussi je lui avais raconté mes déboires à mon tour, pour en arriver à ce molosse avec les dents en or qui m'avait interpellé dans le parc central.

« C'est toi, Jeff Cannon ? »

Il était accompagné par deux autres renégats. Je flairais l'embrouille, mais rien de comparable à la raclée qu'ils me collèrent entre deux buissons. L'avant-veille, j'avais rendu visite à Shannon. Les points à discuter ne manquaient pas : d'abord elle me refilait une blennorragie, ensuite je me retrouvais avec des officiers de police dans l'appartement.

« Regarde, Jeff, c'est compliqué. Je t'ai dit que j'avais rencontré quelqu'un. Il est assez jaloux. Le mieux, c'est qu'on ne se voie plus. Alors pourquoi ne foutrais-tu pas le camp d'ici ? On ne s'était rien promis de toute façon… »

Shannon avait claqué sa porte avant que je n'aie eu le temps de la remercier pour sa chaude-pisse, contamination que je ne révélai pas à Rachel, non pas qu'il y ait tant de risques que cela vienne un jour aux oreilles d'Audrey, mais ce n'étaient quand même pas des tribulations si glorieuses qu'on s'amusait à les claironner.

Et maintenant Rachel voulait que je porte plainte. C'était peine perdue, on devinait qui était derrière la manœuvre, un intrigant assez puissant pour manipuler les flics. On ne pouvait trouver ça que dans l'entourage des Gross-Patrick. Quelqu'un de sa galaxie avait réclamé qu'on me fasse la peau, à seule fin de protéger son pré carré. En être persuadé ne faisait pas de moi un monomaniaque à la Morshwiller. L'intimidation, le passage à tabac, il s'agissait bien là des méthodes du caïd de la ville. Les mêmes méthodes avec lesquelles il avait brisé la grève aux brasseries, avant d'en profiter pour expurger les meneurs un peu trop vindicatifs. Ces indiscrétions, je les tenais justement de Morshwiller, qui me les avait confiées quelques jours avant la mort de Thérèse.

Par bonheur, Rachel n'insista pas. Elle connaissait mon peu de goût pour les discussions en forme d'impasse, au demeurant elle avait d'autres préoccupations.

« J'ai rencontré quelqu'un. Tu n'en parles à personne, je veux pas que ça se sache. *Mist !* Parfois je me retrouve dans des positions bizarres. Après, il me dit qu'il en a profité pour me remettre une vertèbre… »

Il s'agissait d'un kiné de l'hôpital qu'elle voyait depuis deux semaines, dont elle vantait les savoir-faire en détournant les yeux, mais sans m'épargner beaucoup de détails. J'accusai le coup. Elle ne se laissait pas abattre, d'accord, pourquoi pas. Mais de là à prendre ses confidences en pleine figure.

« Comment ça ? Simplement en te massant le diaphragme ?

— Non, pas exactement. Enfin, dans les grandes lignes. *Trash !* J'aime autant garder le reste pour moi.

— Oui t'as raison, des fois que ça m'instruirait…

— Jeff, c'est gênant. »

Il y eut un blanc. Couché sur le dos, je regardais les frondaisons se découper comme des nénuphars sur le ciel. Fred m'avait fait le même coup deux mois plus tôt. Pourquoi c'était moi que les copains choisissaient toujours pour confier leurs acrobaties, alors que justement je ne parlais jamais des miennes à quiconque ?

Au large, un hors-bord tractait des skis nautiques dans la diagonale du lac. La vibration lointaine du bateau flottait jusqu'à nos oreilles. Et par une sorte de mimétisme, le téléphone de Rachel se débattait au fond de son sac. Les gamins m'appelaient à la rescousse, faisant fi de mes contusions costales je me levai pour consolider la passoire qui leur servait de barrage, tandis que leur mère s'éloignait pour prendre l'appel.

Lorsqu'elle revint dix minutes plus tard, je remarquai qu'elle s'était enfilé des pâquerettes entre les orteils. Elle aussi se mettait à déconner. Je n'allais pas lui jeter la pierre, ce n'est pas elle qui avait commencé. Mais dans mon esprit, les Cannizzio étaient programmés pour se remettre ensemble, pas pour tirer sur la corde chacun de leur côté.

« Jeff, je vais au restaurant ce soir. Je n'ai personne pour garder les enfants. Est-ce que tu pourrais être là, jusqu'à minuit ? »

Considérant les circonstances, les Rust avaient pris la décision d'annuler leur crémaillère, mais c'était compter sans les Dalen qui les avaient convaincus du contraire.

Je m'étais présenté un peu en avance à la bergerie, pour prêter la main si nécessaire. Myriam finissait de gonfler les ballons sur la terrasse. Elle s'était tressé deux couettes et portait pour l'occasion une robe de bal à froufrous dont le grotesque lui échappait. Elle se prenait pour la reine de la promo mais je savais que nue elle ressemblait à une grosse poire pelée, grasse et ingénue comme les belles en cuisses qu'on voit sur les croûtes des musées poussiéreux. Comment ça devait être, une fille pareille, dans un lit ? Je ne tenais pas à le savoir, au moins Richard n'en parlait jamais, et je m'en satisfaisais très bien.

Tandis que la troupe débarquait au compte-gouttes, j'avais causé un long moment à l'écart avec Cypress, de Thérèse, de ses espoirs de remporter le tournoi, des efforts investis à sublimer son service qui n'était pas son point fort. Cypress travaillait dur sur le court, mais elle était aussi capable de s'asseoir et de réfléchir à son tennis ; elle lisait des ouvrages, consultait des vidéos d'autres joueuses dont elle autopsiait le jeu pour nourrir le sien.

Dans un article assez élogieux du *Carson-Matin* de la veille, Morshwiller la décrivait comme une joueuse polyvalente, capable d'attaquer, d'être agressive, mais aussi de défendre son territoire, tenir l'échange, chercher les zones pour empêcher les adversaires de développer leur concept, attendre la faille et venir conclure à la volée.

Il y aurait cependant plusieurs morceaux à avaler, dont Beverley Blanchard qui postulait officiellement au gain de la coupe.

« *Trash !* Parle-moi d'autre chose, Jeff, ne rends pas tout mauvais. »

Certes, mais le tableau était dressé de telle sorte qu'elles s'affronteraient en finale, si tout allait bien pour les deux aspirantes.

Avec Denise, elles s'étaient confectionné des shorts dans des bleus de travail, et de cela j'éprouvais une certaine fierté car c'est mon style qu'elles copiaient. Cypress avait commenté cette démarche politique dans l'interview consentie à Norbert, pour expliquer qu'elles entendaient ainsi brocarder la domination masculine qui s'innervait jusque dans les tenues des joueuses, qu'elles n'étaient pas là pour porter les jupettes et les décolletés conçus pour plaire aux hommes.

Cypress y déclarait également ne pas avoir encore trouvé les clés pour pratiquer son tennis idéal. Qu'il y avait toujours beaucoup de confusion dans le vocabulaire de jeu qu'elle cherchait à employer. Mais que tous ses matchs seraient des tentatives in vivo tendues dans cette direction, et ses coups des saignées de rasoir dans l'atmosphère, qu'elle se tiendrait droite jusqu'au bout, tout entière avec ses qualités et ses handicaps, que rien d'autre n'existerait, et que chaque point serait dédié à la mémoire de sa mère.

Toute sa vie était dans ces lignes. La terre battue, la quête, l'orgueil, les relations impossibles avec Thérèse.

« Attends, le truc des saignées de rasoir, c'est Morsh qui l'a rajouté… »

Combien de fois avait-elle refusé de serrer la main d'une adversaire ? Combien de raquettes pliées en deux, de majeurs dressés vers les spectateurs ? Thérèse avait quarante-six ans lorsque la grossesse s'était déclarée, alors que le couple n'avait jamais pu avoir d'enfants et qu'ils s'étaient tournés vers l'adoption dix ans plus tôt. Cypress incarnait ce cadeau inespéré, malgré la méningite qui avait altéré ses capacités auditives. Thérèse en avait conçu un amour maternel qui mordait sur les bandes de l'oppression. Plus tard, de venimeuse qu'elle était, la relation ne s'arrangerait pas en s'exportant sur les courts de tennis où la mère entraînait la fille. Il avait fallu que

Bernard Oxenberg prenne le relais, quatre ou cinq ans plus tôt, pour gagner en sérénité.

Tout ça me paraissait loin désormais, loin et révolu. Cypress avait grandi. Elle avait toujours beaucoup de colère en elle, mais elle avait appris à mieux la canaliser, et même à s'en servir, une raquette à la main. Il n'y avait plus que David pour la faire vraiment disjoncter, à prétendre qu'elle était le fruit d'un adultère, lorsqu'il voulait être méchant ou seulement se marrer.

À la fin de l'interview, Morshwiller était revenu sur ses « problèmes de communication », avec une volonté évidente d'exacerber la facette sulfureuse du personnage, mais Cypress avait évité le piège avec un certain brio : « Oui, j'exprime parfois de la rage dans mon jeu. Mais ce n'est pas un motif suffisant pour déprécier ma façon de jouer. Car en vérité le tennis n'a aucune signification en soi. La beauté du tennis, c'est d'être libre d'exprimer ce qu'on ressent. »

Le silence était retombé entre nous. Tapis dans l'ombre de la nuit à la frontière de la propriété, Cypress et moi regardions les gens se divertir sous les spots de la terrasse. Myriam et Sophie-Noëlle produisaient beaucoup de chahut avec leurs copines de l'aquagym. Je portai ma Carson à mes lèvres et m'en assénai une gorgée. Il était question qu'Audrey soit des nôtres. Je l'attendais. Elle n'avait pas encore vu la bergerie, et je me sentais de taille à lui faire le tour du propriétaire, après tout Richard ne m'avait-il pas promis que j'aurais toujours ma chambre à l'étage ?

Sur ce sujet, Marina m'avait tenu des propos revigorants à Bellerive, le jour de l'enterrement.

« Tu vas bien ? Je veux dire, tu te sens mieux depuis la dernière fois ?

— Oui, merci. Tu m'as sauvé la vie. »

C'était bizarre entre nous. Je me rappelais la vigueur qu'elle avait employée à se laver les mains au terme de la consultation. Mais nous partagions un secret inviolable.

« La vie, sans doute pas. La mise peut-être ? »

Le calme couvait dans la grande maison, si ce n'est les billes qui se heurtaient sur le billard. Marina me fixait de ses yeux de faucon. La fesse en équilibre sur le dossier d'un canapé, elle semblait chercher les mots pour donner une suite à cette conversation. Je tentais de déchiffrer ses sous-entendus sur son visage géométrique, l'équerre de son nez en lame de couteau.

« Occupe-toi d'Audrey. Elle a besoin de se changer les idées. Appelle-la. Passe du temps avec elle. Ça lui ferait du bien.

— Attends une minute… Je comprends pas…

— Je sais pas. Tu as noté qu'Herbert ne s'est pas donné la peine de venir aujourd'hui… »

À la réflexion, ça ne pesait pas si lourd. On pouvait en déduire à la rigueur que ça n'allait pas entre eux. Quoi d'autre ? Et puis Audrey n'était toujours pas arrivée.

Au loin, le barbecue envoyait les steaks à jet continu, sous la houlette de ce baiseur de mère de Dan Friedman, sanglé dans un tablier de cuisinier du dimanche qu'il avait noué par-dessus sa chemisette à fleurs.

Soudain j'eus cet éclair de lucidité terrible, et Cypress doucha mes espoirs en me confirmant que sa sœur avait hésité, mais que finalement elle s'était décidée pour un ciné.

Le lac, en bas, n'était plus qu'un trou noir, une nappe d'huile dans un baril à ciel ouvert. Cypress finit par lâcher un lot de consolation, que je savais sincère venant d'elle : « Sans déconner, ça serait bien que tu reviennes dans la famille... »

Ce soir-là, la Carson Cup était sur toutes les lèvres. Tout le monde s'arrachait Gustavo Travnik. Le champion qui nous honorait de sa présence ne ferait sans doute pas de vieux os, il avait besoin de repos avant le tournoi, c'est Sophie-Noëlle Friedman qui me glissa ce tuyau inouï, avant de me délivrer une communication qui tenait dans cet énoncé : on lui confiait une chronique quotidienne à la radio pour émailler la quinzaine de petits potins distrayants.

Par chance, Rachel m'avait tiré de ses griffes, le temps d'une apparition éclair qui consistait à me dire bonjour et bye-bye dans la même embrassade ; elle avait juste envie de prendre une douche et de retrouver son mec après une dure journée. « Ah oui… le fameux kiné, j'oubliais. »

Bernard Oxenberg était monté lui aussi. « Richard raconte que c'est toi qui as tout refait ici. Méfie-toi, les gens vont t'appeler… » Plus loin, sa femme confectionnait joyeusement des hamburgers avec Rusty. À mon tour, je l'avais complimenté sur l'état d'esprit de Cypress, le sérieux de sa préparation physique. Il me dépassait d'une tête, qu'il hochait en signe d'enthousiasme. Puis David nous avait rejoints, pêchant trois canettes dans une bassine de glace où flottaient quantité de bières et moult Carson-sodas. Ses tennis étaient parfaites, il donnait toujours l'impression de changer de chaussures après trois jours d'utilisation. Il me prit à part pour m'expliquer combien Denise était le nouvel objet de sa prédation. Il ne parvenait pas à en venir à bout mais ça ne l'empêchait pas d'être survolté ; de telles difficultés motivaient son existence.

Trash ! Ils commençaient à me faire frire, tous, dans leur façon d'être heureux. Ils s'en donnaient à cœur joie. Moi, j'étais bon qu'à m'attraper des chaudes-lances. À part ça, je plaçais des espérances déraisonnables dans la reconquête d'une femme, entreprise pour laquelle mes chances étaient dérisoires. Comme un fait exprès, Myriam me demanda dix minutes plus tard si j'allais me décider à choisir une nana un jour.

« Ce n'est pas ce qui manque. Est-ce que tu es si difficile ? Certains se posent des questions à ton sujet. À propos, tu dois savoir que Bruno et Viviane sont ensemble ?

— Tant mieux pour elle. Si elle aime les catogans. »

J'aurais pu ajouter que ce gars-là avait la photo de son labrador en fond d'écran sur son téléphone, mais ça ne constituait pas vraiment des raisons suffisantes pour refuser de sortir avec lui.

L'épicière profita de me tenir pour rabâcher ses salades : la plomberie c'était l'avenir, être son propre patron, ne rien devoir à personne, gagner sa croûte, plutôt que de me battre dans les bars avec des pompiers, des héros qui nous protégeaient au péril de leurs jours. À tout ça, je ne prenais la peine de répondre ; on passe une bonne partie de sa vie à répéter sans arrêt les mêmes choses ; tout le monde sait ça, et ceux qui l'ignorent sont des veinards.

Pour couper court, je lui remémorai les heures et les semaines investies par moi dans cette baraque, les longues sessions laborieuses, dimanches compris, et sans lesquelles cette soirée n'aurait pas lieu.

« Tu as sans doute raison », concéda-t-elle en claquant la langue. Mais ça lui aurait arraché la gueule de le reconnaître.

D'ailleurs elle continuait d'ergoter, avec cette grimace que je détestais par-dessus tout, regard dégoûté et bouche presque douloureuse, qu'en définitive ils me rendaient service, grâce aux travaux je me perfectionnais dans différents corps de métier, je m'entretenais durant cette période creuse, et pendant ce temps je n'étais pas tenté de faire des conneries, et puis c'était aussi une façon d'éponger mon ardoise au magasin.

Je n'étais pas sûr de bien entendre. Mais aussi j'étais rincé, je ne comptais plus vraiment parmi les effectifs de la fête. Ou peut-être que je comprenais de travers, pour avoir basculé dans le règne de l'ivresse.

« Au fait, tu as vu le tableau que j'ai suspendu dans le salon ? C'est Sophie-Noëlle qui me l'a peint.

— Ah oui, il y a le même dans les chiottes de je sais plus qui… »

Je lui tournai le dos, marchai vers le break sans saluer personne, dévalai les champs de bosses des Kitzbull, un coude à la fenêtre. Les lampadaires de Constitution défilaient comme un tramway aux compartiments déserts, puis je longeais au ralenti les bazars sur Aspen qui vendaient des hot-dogs dans un nuage de graisse. Là où Myriam visait juste, c'est qu'un vide allait s'ouvrir dans mes journées maintenant que la bergerie était terminée. Sans compter que j'étais dans le rouge à la banque. J'avais déjà liquidé les deux rallonges de David. Et ce n'était pas le taxi que j'allais conduire pendant le tournoi qui ferait de moi un homme riche.

Le soir de l'enterrement, David m'avait proposé d'intégrer Bellerive à temps complet. Selon lui, je pourrais bazarder mon appartement pour habiter avec eux, sans quoi ils allaient se retrouver à deux dans leur immense villa. L'idée avait son charme. Pourquoi pas. D'autant que j'avais pas mal de dettes. S'acquitter du loyer, pourvoir aux faux frais : voilà des formalités auxquelles il fallait sacrifier à échéance. Vivre à Bellerive me permettrait de continuer à voir venir. Mais il fallait que j'y réfléchisse, c'était peut-être un peu prématuré. Et puis il y avait aussi le panorama qui me retenait au meublé, du moins tant que je ne l'aurais pas terminé.

On ne parla plus de ça, et même je n'y pensais plus lorsque Cypress me réitéra la proposition de son frère. Ils avaient dû se refiler le mot. J'hésitais encore, et la rumeur enflait. Le soir de la crémaillère, Richard m'avait demandé si j'avais déjà rendu mon bail. Audrey en vint aussi à me questionner sur mes intentions.

« Je n'ai encore rien décidé. Et toi, qu'est-ce que t'en penses ? »

L'épisode se déroulait à Bellerive, un matin dans le petit salon, elle portait une chemise sans manches que j'aimais voir sur elle. Nous regardions tous les deux la frise nostalgique des photos sur les murs lambrissés. C'était curieux, il n'y avait qu'un mec pour avoir les yeux fermés à chaque fois, et ce mec c'était moi. Et quand je n'avais pas les yeux fermés c'est que je les ouvrais démesurément, histoire de ressembler à un dresseur de serpents.

« *Mist !* Jeff, je ne sais pas... J'apprécierais que tu fasses attention à toi. »

Elle faisait allusion à mes ecchymoses qui n'étaient pas résorbées, mais probablement aussi au fait que je n'avais plus de boulot depuis des semaines.

« Est-ce que tu as seulement une assurance santé ? »

De mon côté, je ne l'avais pas interrogée sur ses problèmes de couple. Elle prenait quelques jours à Carsonville, le temps de régler les affaires courantes. Après quoi elle quitterait Carson à nouveau, d'autres occupations l'attendaient chez elle, sa fondation en particulier, sans parler de sa fille qui terminait l'année scolaire, puis elle reviendrait pour le tournoi dont elle manquerait les premiers matchs. Seule, espérais-je. Elle ne mentionnait pas Herbert. Pour ce que j'en savais, il voyageait souvent de son côté.

La discussion s'était poursuivie dans le jardin où il y avait du linge à étendre, ça me convenait à merveille, je n'avais pas de plans pour cette journée. Nous parlions de la famille, la mort de Thérèse nous invitait à la rétrospective. Audrey se trouvait particulièrement démunie, pour avoir été la plus proche de sa mère, quand David l'était davantage de leur père et que Cypress détestait les deux à équidistance ; un jour elle avait jeté sa raquette au visage de Thérèse, un autre elle avait poussé Jerzy et son fauteuil dans les marches du petit salon, chacune de ces prouesses se soldant par une escale aux urgences.

« Quand je suis tombée enceinte, c'est le premier à qui je l'ai annoncé. J'avais quitté Carson, arrêté le tennis, la médecine. À l'époque, il m'a répondu de manière blessante, que je faisais une grosse erreur, que je ne pensais qu'à moi, que je ne pensais pas aux conséquences. »

C'est son frère qu'elle incriminait ainsi, en défroissant les draps d'un claquement.

« Je lui en ai toujours gardé rancœur. Après, il a tenté de me faire croire que j'étais responsable de la mort de mon père, plus ou moins consciemment… Et pendant ce temps il jouait au bon élève avec le magasin, il jouait à être celui qui reprend le flambeau. Mais sous ses airs fantasques, il n'est que ce minet mégalo. Avec une mèche de minet, des chaussures de minet, des pantalons et des chemises de minet. »

Il y avait du vrai dans cette analyse, et je repensai à David lors de la crémaillère de Rick et Myriam, se livrant pour moi à une relecture de sa philosophie personnelle : l'adrénaline était son moteur, il avait besoin de projets pour avancer dans la vie sinon il s'ennuyait, d'ailleurs il était lui-même un projet vivant, quelqu'un de non fini, toujours en progrès, tout ça pour dire qu'il envisageait de revendre le magasin pour se lancer dans une tout autre activité, personne n'était au courant, j'avais l'exclusivité, en fait un acheteur s'était déjà signalé, on en reparlerait.

« La seule chose qui l'intéresse, c'est sauter sur tout ce qui a les jambes douces. S'acheter des voitures neuves... Rien ne change ici. Et rien ne changera. Cette ville continuera d'être une chambre à gaz. Le lac, un gigantesque rond-point congestionné... Ma mère s'est battue toute sa vie contre ça. Et maintenant c'est la pollution qui l'a tuée. »

Je tenais la panière de pinces à linge dans laquelle les mains de la Louve Arctique venaient puiser, puissantes, un peu rugueuses. J'aimais la regarder s'activer, les gestes mettaient son corps en mouvement, dangereusement proche. Sa peau exhalait une légère sueur à l'odeur sucrée. Mes yeux s'attardaient sur la chair solide de ses épaules, avec la minutie d'une langue sur un esquimau, ses bras nus, mouchetés de taches de rousseur. Elle était réclamée par mes sens, aussi pompeux à dire que cela paraisse. C'était d'autant plus dur de me retenir que je me sentais encore des droits sur elle, nous l'avions fait des centaines de fois.

« Jeff, est-ce que tu es avec moi ? J'ai plutôt le sentiment que tu es dans un de tes bouquins sur les volcans, non ? »

Elle s'y entendait pour cheviller son regard en vous. J'observais en retour le dessin de ses yeux, la courbe incurvée de la naissance du nez, dont j'aurais aimé suivre le toboggan d'un doigt. J'aimais les proportions de son anatomie, ses cheveux coiffés en arrière, parfaitement ordonnés. La beauté n'est rien d'autre que la façon dont se mélangent une silhouette et un visage, une manière d'être et de parler.

« Non, je me disais que tu avais toujours la forme.

— Tu es gentil mais j'ai pris cinq kilos depuis que j'ai arrêté la compétition.

— Si ça peut te consoler, j'en ai pris autant avec la bouffe de Myriam pendant les travaux.

— Non, désolée, je ne pense pas que ça me console. Sur toi c'est différent, ça ne se voit pas. »

J'y avais presque cru, avant qu'elle ne reparte. On s'était pas mal côtoyés, seuls à Bellerive, comme Cypress se consacrait aux derniers réglages au club, que David n'était qu'un courant d'air, et qu'on me trouvait déjà plus souvent là-bas que dans mon appartement de Palissade. Quelque chose semblait se produire, une harmonie qui se traduisait par des détails minuscules : dans la piscine où parfois nos jambes se frôlaient pour ainsi dire, pendant que nous discutions accrochés au bord, ou encore sur les transats alors que nous faisions notre photosynthèse sans éprouver le besoin de meubler le silence.

Le jour de son départ, il y eut cette scène ratée : j'avais surpris Audrey en sous-vêtements dans la salle de bains du premier, elle ne s'était pas dérobée, elle m'avait dit d'entrer, elle en avait pour une seconde. Son corps était cette matière autour d'elle. Je m'étais vu me glisser contre elle, lui brouter la nuque, descendre la main pour la plonger dans le filet de chair et de poils. On a forcément des fenêtres de tir dans la vie, il faut savoir les reconnaître. Enfin, ça me semblait en être une. Au lieu de quoi j'avais rebroussé chemin en bégayant un truc que je ne compris pas moi-même.

Le Carson-soda Stadium était comble lors du match d'ouverture. Travnik s'imposa brillamment, sans vraiment transpirer et avec une belle intelligence de jeu, ce qui confirma sa valeur de favori dans la rumeur publique et jusque chez les observateurs les plus rassis du circuit. Plus tard dans l'après-midi, Denise franchissait elle aussi les brise-lames du premier tour, sans étincelles mais en deux sets.

Cypress plia l'affaire le lendemain, en quarante minutes, mais au prix d'un nombre de fautes effroyable tant elle connut les pires difficultés à régler son jeu. Sans compter que son service demeurait très perfectible. Par chance, la fille en face n'était guère plus appliquée et manquait surtout de puissance.

À l'issue de la partie, je croisai Morshwiller qui descendait de la tribune de presse, stetson à bord recourbé et gilet safari. Au risque d'avoir à soutenir les bavardages de ce pot de colle, j'essayai de lui vendre un dessin pour sa feuille de chou, Cypress croquée en position de volée, mais il déclina faute de crédits.

Au bar du Country où il avait insisté pour m'offrir un verre, je l'écoutais d'un demi-tympan me parler des cours de droit financier qu'il s'infusait en auditeur libre, et simultanément je pianotais un message à Audrey lui détaillant mes ressentis sur la victoire de sa sœur. J'avais fini ma bière, et Norbert laissait s'éventer son panaché sur le comptoir. Trop heureux d'avoir de la compagnie, l'asocial me rejouait l'accident de cheval qu'il avait eu gamin, dont il avait failli ne pas réchapper pour être tombé la tête en arrière, mais je l'avais stoppé net : « Tu me l'as déjà servie dix fois ton histoire, hein, rappelle-toi. » À la fin, le cheval en question se révélait une de ces reproductions de supermarché sur lesquelles grimpent les gosses.

Morshwiller ne devait pas raconter ses anecdotes pathétiques dans le seul but d'être chiant, et pourtant c'est à ce résultat qu'il parvenait.

« Bon, tu m'en remets un et puis j'y vais. Je te signale que j'ai du boulot…

— Et moi donc, Cannon, j'ai des piges à écrire. Tu penses qu'un journal ça sort d'un claquement de doigts ? »

Justement il sollicitait mon opinion sur le match, je lui pondis un avis au hasard, comme quoi Cypress n'avait pas encore atteint la maturité critique pour distribuer son tennis à bon escient. Et je lui aurais confié avec le même enthousiasme que ma grand-mère mettait deux sucres dans son café au lait. Ce blanc-bec prenait des notes sur un mouchoir en papier, avec un stylo qui ne fonctionnait pas. Dans le *Carson-Matin* du lendemain, je devais découvrir qu'il m'avait fauché ma sentence mot pour mot.

En tant que chauffeur, je bénéficiais d'un passe-partout qui me permettait de circuler dans l'enceinte et d'assister aux rencontres à l'œil. Ce n'était pas un travail accablant que d'assurer les navettes entre le stade et le quartier des hôtels. On n'avait pas besoin de nous avant dix heures. La voiture était climatisée. La plupart du temps je relevais la vitre de séparation pour me concentrer pleinement sur ma conduite. En cela j'incarnais mon rôle, celui pour lequel on m'avait confié une veste de majordome et un képi de postier.

Je m'y attendais, j'avais dû voiturer Patrick Gross-Patrick, lui et quelques-uns de ses affidés dont j'observais les tronches de pourritures en actionnant la motorisation de mon rétroviseur. À chaque fois que le maire s'asseyait sur les sièges en cuir de ma limousine, je ravalais ma morgue, gardant pour moi combien peu de joie je ressentais à son voisinage. C'était ce mec qui payait des sicaires pour vous casser la gueule. Si ça se trouve, c'était lui qui se tapait Shannon Lebeuf. Lui qui nous avait refilé ses bactéries de bas étage. Il avait coutume de s'exhiber quotidiennement dans les allées du complexe sportif, serrant autant de pognes que possible sur le chemin de la loge présidentielle. Il pivotait à trois cent soixante degrés pour propager sa bonhomie, feignant de reconnaître tout le monde. Certains prétendaient qu'il disait même bonjour aux chiens, d'autres que ses dents brillaient dans la nuit comme des lucioles. Pour la peine, je l'aurais bien coiffé d'un gâteau bien collant, riche en crème et myrtilles qui laissent des taches, devant la presse, les caméras, les micros, soit les conditions idéales pour qu'il essuie ma vengeance.

Fayçal était parvenu lui aussi à remporter son premier match, et je l'avais conduit au Carson-soda Stadium pour le tour suivant. De nervosité, il avait reniflé tout au long du trajet, plié et replié ses grandes jambes comme si on les lui avait livrées le matin même. Pour ne rien arranger, ils étaient nombreux à bord de la limousine, son entraîneuse, son papa, sa maman, et deux ou trois parents qui agitaient des petits drapeaux en plastique par les fenêtres, dont un homme d'une centaine d'années qui pouvait être son arrière-grand-père.

D'entrée, le vieux m'avait reproché d'être en retard, ce qui était faux. Puis le père avait constaté que la jauge d'essence flirtait avec le vide, ce qui était vrai. Peu après, la mère estimait que ça ne circulait pas assez vite sur Aspen, on allait manquer le début, c'était certain. Avec une certaine justesse, Fayçal argua que le match ne commencerait pas sans lui.

Il perdit la rencontre.

Et Denise suivit son funeste exemple. Je n'assistai pas à son élimination, assez cinglante d'après les observateurs, cependant j'avais cru comprendre que David était parvenu à la consoler.

« Non, je n'ai rien pu faire, rectifia-t-il le lendemain. Je crois que je suis trop vieux pour elle. Il est temps que je me fasse une raison… »

Je l'avais retrouvé sur la plage privée du Country pour un verre, alors que Cypress et Gustavo venaient de se qualifier presque simultanément pour le troisième tour, et David avait prononcé ces paroles sur un ton de crooner blasé, comme lessivé par son propre mythe, ou revenu d'une drogue dont il ne goûtait plus le sel pour l'avoir consommée sans modération.

Quelques jours plus tôt, alors que Dan Friedman lui faisait de la lèche et des flatteries, il avait eu cette réplique parfaite de condescendance désabusée : « Tu sais, Daniel, il y a pas mal de femmes à Carsonville qui se vantent d'avoir couché avec moi. Mais il ne faut pas croire tout ce qu'on raconte… » Mis bout à bout, ces éléments étaient tels que David Dalen m'apparaissait subitement au crépuscule d'un cycle.

Au soleil couchant sur la plage, la lumière semblait provenir du lac lui-même, en noir et blanc. Le barman nous préparait des cocktails sur mesure, il nous connaissait, on lui donnait carte blanche. C'était quelqu'un qui allait dans le bon sens, il comptait parmi les gens qui essayent dans la vie. Pour les avoir dénombrées un jour à la louche, il possédait plus de quatre-vingts bouteilles d'alcool sur ses étagères, dont certaines m'étaient parfaitement inconnues.

Nous entamions un second tequila-vermouth lorsque Rick m'appela. Il venait de croiser Fred sur Aspen. Présentement ils prenaient un pot sur Indépendance. Bref, on se donna rendez-vous sur Promenade.

La terrasse d'un établissement en vogue, sous l'écran salutaire d'un parasol à l'effigie des breuvages Carson, tel fut le théâtre de nos retrouvailles, joyeuses malgré une musique pubertaire et trop forte. Avant de poursuivre la soirée dans un bowling de Pin-Bleu, nous avions dématérialisé pas mal de pintes dans l'enchaînement des bars, sans la moindre esquisse de conversation sérieuse et tout à la gaieté décomplexée des noceurs inébranlables.

Sur leur insistance, j'avais fini par les charger à bord de la limousine, capote ouverte. Fred et Richard se chamaillaient derrière, en vidant le minibar et foutant des chips plein la moquette. Nous fendions Carsonville par la perspective rectiligne de Consitution, l'alcool conduisait pour moi, je me sentais intouchable avec tous les feux qui se mettaient au vert comme sur commande. Carson était notre bastion. En toile de fond, des geysers de fumée s'élevaient des foyers d'incendie dans les Rocafrias, couleurs crépusculaires repeintes par la pleine lune.

Tard dans la nuit, nous avions échoué dans un snack piteux de la basse ville. La serveuse officiait de mauvaise grâce, saturant sa minijupe. Je l'aurais parié, les chiottes étaient infâmes. À mon retour, un groupe d'ouvriers pesaient sur le comptoir, en salopette aux armes des brasseries Carson, les yeux envoûtés par la serveuse et sa poitrine ventripotente. Celui qui portait une casquette de chasse ne fut pas long à chercher l'empoignade. Ils étaient soûls. Nous aussi. Je n'avais pas tout suivi mais il y eut très vite une bousculade, et Richard en envoya deux valser dans les tables du fond. L'échauffourée aurait viré en bagarre générale si David et moi n'étions parvenus à dégonfler la tension. Parfois une simple excuse suffit à redresser une situation mal embarquée, quelques mots de médiation, un compromis, n'importe quoi plutôt qu'un rapport de force où l'on n'est jamais à l'abri d'un sale coup. Au passage, le type à la casquette me traita de gonzesse et de pédale, pour sauver l'honneur, puis le calme revint. Et même on se raccommoda devant quelques tournées de Carson. Ces mecs avaient besoin de parler, voilà tout, besoin de s'exprimer d'une manière ou d'une autre. Ils luttaient pour de meilleures conditions de travail, et on leur répondait en taillant dans leurs effectifs ; là-dessus un déséquilibré tirait dans le tas au sein de l'usine plutôt que d'exercer sa vengeance chez les patrons du dernier étage de la tour Carson. Ils avaient de quoi se sentir sur la brèche, il ne fallait pas déborder d'empathie pour les comprendre.

Au petit matin j'étais rentré au meublé ravitailler en fringues, et je me plantai sous la douche pour parer aux effets désastreux de l'ivresse. La salle de bains ressemblait à un cube de silence trop hermétique après cette nuit employée aux frasques. Puis je me rasai, en songeant à Fred. Notre odyssée s'était conclue par une baignade en rive sud, une crique d'où nous avions nagé jusqu'à une plate-forme près de la marina. On voulait s'offrir la vue d'un lever de soleil sur les crêtes mais Cannizzio avait gâché le spectacle en énumérant tout ce qu'il avait foiré ces temps-ci : les travaux à la bergerie, l'enterrement de Thérèse, les matchs de Cypress… Je l'avais eu quelques jours plus tôt au téléphone, et nous avions discuté longuement, de sorte que je ne fus pas surpris lorsqu'il nous annonça que c'était fini avec Joanna, qu'il louait une caravane dans les Kitzbull, non loin de la scierie.

Bien entendu, il ambitionnait de se racheter. L'alcool lui inoculait des pensées folles. Il allait rempiler chez les pompiers, c'était le moment de se rendre utile. Et surtout, il allait regagner le cœur de sa femme, même si pour ça il fallait se coucher par terre, dans la position d'un paillasson sur lequel on se décrotte les semelles.

Je n'avais rien dit alors, mais Rachel avait trop souffert pour qu'il spécule à la légère sur une réconciliation, surtout maintenant qu'elle semblait remonter la pente. Et de la même manière que j'avais tu des choses à Rachel quelques mois plus tôt, j'en taisais d'autres à Fred : comme par exemple que je gardais Amin et Gino quand leur mère sortait en ville avec le kiné.

Par la suite, je vécus d'excellentes journées à Bellerive. Je bénéficiais d'une villa fantastique, une chambre immense au deuxième avec balcon sur le lac. Il n'y avait jamais rien d'urgent. Je mangeais à pas d'heure. Je vivais pieds nus, sans T-shirt, traînant du jardin à la piscine sans me soucier de courir après une rémunération. Je lisais trois bouquins à la fois, n'en terminais aucun. J'avais Cypress pour voisine de palier, qui arrachait les portes plutôt qu'elle ne les ouvrait, laissait des traces douteuses au fond de la cuvette et des cheveux dans la douche, fusillait le ballon d'eau chaude. Mais je m'en accommodais. Étendre le linge ou vider le lave-vaisselle, c'était des activités à ma portée ; sortir les poubelles, faire les courses et la cuisine, diligenter l'aspirateur dans les étages, tout me plaisait. Ces tâches rébarbatives étaient parfaites pour quelqu'un qui aimait se faire des films seul dans sa tête.

David laissait des billets dans une corbeille pour couvrir les frais de fonctionnement. Quand le frère et la sœur rentraient le soir, j'étais là pour eux, je jouais au super-intendant. Le matin, je m'assénais des longueurs de crawl avant de rejoindre le garage du Country. Dans ma ligne de mire, il y avait la perspective affolante du retour d'Audrey, qu'il m'arrivait de dessiner tard dans la nuit.

Je vis encore de nombreuses rencontres au Stadium. Son bandeau jaune dans les cheveux, Gustavo Travnik corrigeait ses concurrents sans coup férir, si bien que les succès semblaient trop commodes. Céder une manche à l'occasion permettait de se forger le mental en prévision des épreuves à venir, dixit Bernard Oxenberg. La presse louait néanmoins son sens de l'anticipation et le soyeux exceptionnel de son toucher de balle. Quant à Cypress, elle avait eu le tort de proférer à diverses reprises qu'elle ambitionnait de gagner le tournoi. Cela fut pris pour de l'arrogance, libérant la parole de ses détracteurs qui lui reprochaient déjà ses emportements, ses bermudas recyclés et ses polos difformes. En réalité, il entrait dans sa stratégie de brûler ainsi les ponts derrière elle, de façon à rendre chaque victoire indispensable sous peine de se déjuger et se couvrir de ridicule.

De fait, elle sortait triomphante de ses confrontations, sans être toujours souveraine dans le jeu, mais souvent avec une belle vitesse d'exécution. Par la suite, maintes rumeurs devaient circuler à son propos, parmi lesquelles la plus persistante insinuait qu'elle n'était pas une femme, eu égard à sa musculature ou sa propension à ne pas se raser les aisselles. D'autres laissaient entendre qu'elle obtenait du manche de sa raquette des avantages que d'aucuns se procuraient auprès de leur conjoint. Ces calomnies n'avaient pour effet que de la galvaniser davantage.

Au terme de la première semaine de l'open, il y eut cette cérémonie à Bellerive où tout le gratin se pressa. Dahl Salinas avait requis l'attention en frappant sa canne sur le muret du jardin pour nous servir le baratin classique, concluant qu'une autre compétition débutait à présent, poncif que l'assemblée accueillit d'une salve de vivats. Après une apparition remarquée, Cypress et Gustavo partirent se réfugier au centre de formation du Country pour un break à l'écart de l'agitation. Puis la garden-party s'était rapidement dirigée vers une plage privée de Corniche, trois cents mètres plus bas. Une équipe s'était chargée de convoyer des bouteilles. Les candidats à la baignade se jetaient des pontons.

J'avais passé un bon moment en compagnie de Rachel et Viviane. Avec les deux frangines, nous échangions le genre de cancans dont on connaît le degré d'insignifiance mais dont on n'a pas trouvé le moyen de s'abstenir tout à fait. Je sortis aussi plusieurs indiscrétions de mon sac, en particulier les caprices auxquels se livrait Beverley Blanchard auprès des organisateurs de la quinzaine, dont pour certains j'avais été témoin au sein même de mon véhicule de service.

Parmi l'assemblée, j'avais repéré Myriam à bonne distance, avec un Richard penaud dans son sillage. La sanction n'était pas levée, celle qu'il avait reçue après notre virée nocturne en limousine. Sa femme hissait le rideau lorsque je l'avais déposé en double file devant le magasin ; je n'avais pas demandé mon reste avant de déboîter sur l'avenue, aussi c'est dans l'horizon inversé du rétro que j'avais vu Rick se prendre une trempe sur le trottoir.

Un autre qui avait l'air piteux c'était Morshwiller, à déambuler seul comme un sous-marin à l'écart de l'effervescence. Après qu'il nous eut frôlés plusieurs fois, je finis par le crocheter à l'épaule pour briser son isolement.

« Eh, Norbert, te voilà, à ce qu'on dirait. Tu n'es pas en train de te baigner ? »

Il arborait son fameux imperméable à mi-mollets qui rendait son allure déplorable.

« Oh ! la dernière fois que j'ai nagé, les gens spéculaient sur une noyade. Ils prévenaient le maître nageur en me montrant du doigt. »

Morsh distillait toujours ses plaisanteries en regardant dans le vide, pour mieux vous clouer d'une prunelle torve en délivrant sa chute. Et alors son sourire pathétique semblait une fente mystérieuse par laquelle on devinait le cynisme tranquille de sa pensée.

Conscient de la gêne qu'il induisait, il rajouta : « Enfin, que ça ne vous empêche pas de m'inviter à la plage, c'est moi qui attrape tous les coups de soleil, vous serez tranquilles de côté là... »

Il était joyeux de lui-même, en témoignait l'asthme emballé qui lui tenait lieu de respiration. Le fait est qu'il marquait des points auprès de Viviane et Rachel, à dévoiler l'ironie de ses facéties.

« Eh, je vois qu'on rigole bien dans les parages. »

C'était Sophie-Noëlle Friedman qui ralliait le polygone que nous formions sur l'herbe, et nous eûmes droit à ses bises parfumées.

« Mes enfants, il fait une chaleur ! »

De sa journée harassante, je retins qu'elle avait conduit son aînée au solfège et puis la petite à l'équitation avant de retourner chercher la grande pour son rendez-vous chez l'orthodontiste. Dans tout ça, Sophie-Noëlle avait juste eu le temps pour le coiffeur, mais uniquement parce qu'elle prenait ses rendez-vous à domicile. Quant à Daniel, il était toujours aussi doué pour se rendre invisible.

« Oh ! je suppose qu'il a sa petite garçonnière à l'écart de la ville, un endroit bien pratique où le téléphone ne passe pas... »

Après ce conciliabule effréné, elle ingéra une minuscule gorgée de punch. Puis elle étouffa un cri et dressa le menton vers un individu à quelques encablures, à la parade au milieu d'un groupe de courtisans. « C'est le professeur Durand-Padilla ! »

Je ne connaissais pas ce professeur Durand-Padilla mais je l'avais compté parmi les gros bonnets qu'on me demandait de transporter du Country Club au Carson-soda Stadium. C'était bien le même foulard de soie, la même toute-puissance.

« Tu sais qui c'est, Durand-Padilla ? me demanda Rachel.

— Pas le moins du monde, consentis-je, et mon indifférence n'était pas feinte.

— Tu devrais savoir que c'est lui qui refait la poitrine des bourgeoises de Corniche. »

Il y eut une courte pause. Puis Rachel reprit la parole :

« *Mist !* Pardonne-moi, Sophie-Noëlle, je ne disais pas ça pour toi. »

Morshwiller jouissait paisiblement du malaise, les yeux plissés derrière ses gros verres, avec de petits soubresauts électriques qui se propageaient sur le fil de son double menton.

« Oh, excuse-moi. Et puis je reconnais qu'il y en a qui en ont besoin. »

Il valait mieux laisser Rachel s'enfoncer toute seule avec Sophie-Noëlle, et je saisis la balle au bond pour entraîner le chasseur de scoop à l'écart.

« Norbert, est-ce qu'on peut se dire deux mots en privé ? »

La nuit s'élevait, gommant le relief et subtilisant les perspectives. Nous longions le rivage et la musique avalait tous les sons alentour. Bruno Loyola passait par là en distribuant des canettes à la ronde, sans s'arrêter il bouscula Morshwiller d'une rude bourrade dans le dos en lâchant ce commentaire : « Méfie-toi, Jeff, te laisse pas embrouiller par la presse locale ! Ces gratte-papier deviennent bavards en soirée, surtout quand ils ont éclusé un verre de trop ! »

Confirmant les dires du petit copain de Viviane, Morshwiller entamait alors une digression parabolique sur sa condition professionnelle : son métier consistait à polémiquer sur les controverses à deux balles et les discordes futiles ; avec son tour de main, il fouettait tout ça pour faire mousser la mayonnaise, et puis il concluait ses articles en déplorant la puérilité des protagonistes, leur mettant sur le dos le caractère indigeste de la sauce.

Le coupant, j'eus moi aussi une métaphore culinaire un peu calorique pour briser sa bavardise.

« En tout cas, tu fais tes choux gras de cette Beverley Blanchard. Je lis parfois ton feuilleton. Effectivement, ça ne vole pas haut. »

À en croire l'édition du soir, la célébrité flirtait avec un *bad guy*, chanteur à ses heures, dont on annonçait la venue pour la finale. Et même, il prévoyait d'offrir un concert au Carson-soda Stadium après la victoire de sa petite chérie.

« Oh, je comprends que tu voies en moi un être abject et vain, embarqué dans une sorte de résignation mortelle... Mais tout ça c'est de la saucisse pour moi. C'est juste une couverture. Mes petits reportages people sont là pour les endormir. Mon vrai trip c'est l'investigation, c'est dans ce registre que je me frise les moustaches.

— À ce propos, tu t'y connais en blennorragie ?

— Non, pourquoi ? T'en vends, t'en as sur toi ? »

Ce n'était pas sérieux de s'ouvrir à lui. C'était ridicule. Pourtant j'envisageais de lui proposer une mission. Morsh avait pour lui d'enquêter sur Gross-Patrick. Il avait déjà un fond de dossier. Et puis ce serait peut-être lui rendre service que de lui donner des billes supplémentaires, ça l'occuperait de ronger cet os.

Butant aux confins de la plage, nous remontions vers la villa, à contre-courant dans la fumée des grillades.

« C'est Gross-Patrick que tu veux, n'est-ce pas, Norbert ? »

Il différa sa réponse, en professionnel du suspense.

« Patrick Gross-Patrick... *Trash !* Je mouille pour lui. » Puis après une seconde : « Je sais que j'ai l'air bolide comme ça, Cannon. Mais le coup de la blennorragie, il faut quand même m'expliquer si tu veux que je comprenne. »

Je l'observais du coin de l'œil, bluffé par ses oreilles en forme d'hippocampes, dont la gauche était percée d'un anneau de navigateur.

« Regarde, Norbert. Je vais être plus explicite. De façon à ce que tu considères le cadeau que je te fais. Mais je te préviens. Tu n'en parles à personne. Tout ça doit rester strictement confidentiel. Je te tiendrai pour coupable en cas de fuite. C'est simple, je te la ferai bouffer, tu m'entends ? »

Morshwiller riait de nouveau à petits coups.

« Tu as un humour redoutable, Cannon... Ça ne manque jamais. »

La fête avait dégénéré. Il y avait trop de monde, trop d'excitation. Trop d'aspirants à la débauche et la désinhibition. Nombreux étaient ceux qui manifestaient l'intention de se mettre en état d'ivresse.

Et lorsque le soleil entama ses travaux de dévastation de la nuit, il ne restait plus qu'une dizaine de survivants rapatriés au salon, en comptant Rachel et Sophie-Noëlle qui s'étaient endormies sur un canapé et Morshwiller, penché sur le billard à tirer des bandes en solo. Il rabattait le côté droit de son imper pour ne pas entraver le recul de sa canne, offrant par là même le spectacle d'un épais portefeuille en cuir dépassant de la poche arrière de son pantalon.

Je regrettais déjà de lui avoir résumé tout le bazar, ainsi que je l'avais fait tout à l'heure, presque à contrecœur, détachant les syllabes de façon à ne pas devoir me répéter : il s'agissait d'une femme, Shannon Lebeuf, qui couchait avec quelqu'un, sans doute une huile. Elle m'avait refilé des gonocoques. Et puis je m'étais fait casser la gueule à cause d'elle. Du genre hommes de main. Dans le lot, il y avait un grand chauve avec deux ou trois dents métalliques. Je voulais savoir qui se trouvait derrière ça.

« Et c'est là qu'intervient tonton Norbert, parce que tu t'es dit que Gross-Patrick pouvait tirer les ficelles… Pourquoi pas. La chaude-pisse, ça sonne bien. Dans cette famille, ils passent tous pour de grands amateurs de douche *golden*… Tu ne connais pas ce petit péché mignon ? C'est quand par exemple tu fais pipi sur le visage de ta fiancée, ça lui ruisselle sur les seins et dans les fesses… »

Il avait eu un rire de jubilation avant de lâcher : « Ne fais pas cette tête, Cannon, je ne parlais pas du petit frère qui t'a piqué la fille Dalenkovitch ! »

Peu avant l'aube, je m'étais dégotté un transat pour faire chaise longue un peu à l'écart de la piscine, avec un bon vieux Carson-soda sur glace. Il y avait toujours des imbéciles pour faire une bombe et projeter des gouttelettes, mais je ne leur en tenais pas rigueur. Plus loin, Rachel et Sophie-Noëlle se déhanchaient sur la margelle en poussant des cris aigus. Ça devait se produire, cette verrue sur pattes de Sophie-Noëlle trébucha côté grand bain, sans que personne ne lui prête attention parmi les quatre ou cinq lurons qui jouaient à se renvoyer le caleçon de Rick. Pourtant elle se débattait rageusement, piégée dans le filet de sa robe de soirée, elle se noyait tout bonnement, et à la fin ce fut moi qui la hissai hors de l'eau sous les yeux de Rachel.

« Si tu allais chercher sa veste pendant que je la soutiens ? Une serviette ferait aussi l'affaire. »

Mais Rachel ne réagissait pas. Elle était bourrée comme un pirate. Et S.-N.F. qui pesait de tout son poids dans mes bras. Je jetai un œil circulaire à la recherche d'une coopération. Non, il n'y avait personne pour s'occuper des épaves dans leur genre, et surtout pas Dan Friedman. Si ça se trouve ce baiseur de mère était dans une chambre à l'étage, en prise à des activités auxquelles sa femme n'était pas supposée consentir de gaieté de cœur.

J'avais fini par la conduire à l'intérieur, Rachel me suivant comme un zombie.

« On va monter. Tu es capable de coucher Sophie-Noëlle ? Est-ce que tu es en état de la déshabiller et de la coucher ?

— Oui. Et après c'est toi qui me déshabilleras », lâcha-t-elle avant de partir dans un rire de pocharde extravagante.

Il valait mieux les abandonner sur les canapés en définitive, où elles s'endormirent à peine écroulées. Plus tard, il y eut les derniers saluts sur le perron, et j'éteignis quelques lampes. Morshwiller balayait le piano d'une virtuosité désinvolte, exploitant en boucle un blues mineur sinistre à souhait. Décidément, ce garçon était de toutes les parties. Il faudrait quand même lui dire que la fête était finie.

C'est David qui s'en chargea, échouant toutefois à s'en dépêtrer. Une petite blonde entre deux âges lui claqua enfin la porte au nez, et je conjecturai qu'elle achèverait sa nuit entre les draps de Dalen. Elle était cheffe de colonne dans les unités de lutte contre les feux de forêt, en mission dans les Rocafrias, ainsi qu'il me le préciserait le lendemain, me révélant du reste n'être pas parvenu à dévoyer la femme de Durand-Padilla. Je fus peiné de l'apprendre. En tout cas, je comprenais mieux à quoi tenait l'invitation du chirurgien.

Audrey arriva vers midi, son vol avait deux heures de retard, le taxi s'était montré assommant au possible. Nous étions une poignée à remettre la maison en ordre, dont Rachel qui luttait bravement contre la gueule de bois en me tendant un sac-poubelle à la traîne. Audrey embrassa tout le monde dans le grand salon et lorsque vint mon tour, ce fut pour s'attarder dans le refuge de mes bras, marquant l'appui de tout son corps, de toute sa sueur sucrée, comme après un trop long voyage, ou une trop longue séparation. Et par enchantement, mes mains s'ajustèrent à ses hanches dans un geste à la précision bluffante.

Elle investissait une chambre du premier. Je l'avais aidée à monter ses valises, l'œil terrifié par le dessin de ses fesses sous l'adhésif de son jean. En haut, j'ouvris la fenêtre. En nage dans un bout de chemise en coton, elle se faisait un petit courant d'air en tirant sur le tissu.

« J'ai besoin d'une douche. »

Déjà elle détachait les premiers boutons, et je restais planté dans la pièce, à l'aise, une épaule appuyée sur l'armoire. Rien ne me semblait plus naturel que d'être ici, dans l'intimité de sa présence.

« Merci, Jeff. Désolée, je ne te donne pas de pourboire. »

En bas, tout le monde avait filé, encore une fois nous nous retrouvions seuls dans la grande maison. Cette journée était bizarre. Ça tenait aussi à la fatigue, à la quasi-nuit blanche. Audrey jouait du piano au petit salon. Je l'avais imaginée proche, et elle me congédiait comme un domestique. Et moi j'étais ce fantôme qui passait sans bruit d'une pièce à l'autre, j'avais l'impression de vivre dans une insomnie. Avec les jours heureux à Bellerive et le retour de la Louve Arctique, j'avais cru assouvir mes besoins vitaux. En fait, ils ne l'étaient pas tous. J'en avais fait l'amère expérience dans sa chambre et j'en eus le cruel rappel lorsqu'elle redescendit, sertie dans un haut soyeux qui n'était pas sans évoquer sa chemise de nuit de Besse-Fontana.

Je rêvais de quelque chose de sauvage, d'habits qu'on déchire, d'élastiques qui pètent.

Le lendemain j'avais obtenu deux bonnes places pour le match de Beverley Blanchard, auquel nous assistâmes sous un soleil de plomb qui me torréfiait la nuque. Trois heures plus tôt, j'avais dû garder Amin et Gino chez Rachel, et j'avais tant joué aux jeux de construction que je continuais de voir le monde comme des pièces qui s'emboîtent pendant les premiers échanges que remporta Beverley sans concession.

Audrey connaissait la valeur de la joueuse pour l'avoir déjà vue deux ou trois fois à l'œuvre. Tout du long elle produisit un tennis onctueux, travaillant son lift de fond de court plutôt que de chercher à cogner dur, et la balle semblait sienne, à revenir invariablement dans sa raquette. Pour le reste, il s'agissait d'une beauté lisse assez ennuyeuse à regarder, ainsi qu'il en existe à la pelle.

Après la rencontre, Audrey m'avait expliqué que Nati passait la première partie des vacances avec son père. Nous étions descendus nous promener le long des plages privées de Corniche, dans la direction des pilotis de Promenade. La chaleur ne baissait nullement, renforcée par un vent de foehn qui déferlait sur le lac. Sur le moment, je ne saisis pas ce que ça signifiait. L'entendre prononcer le nom d'Herbert me faisait comme une nuée de moucherons devant les yeux.

La vapeur devait monter davantage, moins de quarante-huit heures après son retour à Carson. Nous avions fait les courses tous les deux, et de retour à Bellerive, j'avais rangé les fournitures et laissé filer la matinée dans la cuisine. Je m'étais dégotté une série de moules ouvragés et j'avais mis la main sur une douille à pâtisserie, de quoi préparer des petits cakes à la carotte nappés d'une crème framboise. Le son du piano ondulait jusqu'à moi, soufflant sur mes braises avec des effets ambivalents de chaleur réconfortante et de stimulation nerveuse. Puis la musique s'interrompit, et déjà Audrey pénétrait dans la pièce pour se laver les mains. Elle avait revêtu sa nouvelle robe, blanche, stricte et courte, avec une ceinture de même couleur à la taille, uniforme de despote froide et séductrice, idéale pour vous mettre au supplice.

Elle sortit la planche à découper, rinça les aubergines et poivrons, et c'est de dos qu'elle prononça ces paroles : « On m'a parlé de ta fresque. Enfin, il paraît que c'est davantage qu'un dessin. Jeff, on m'a dit que c'est un travail ahurissant. »

Je n'allais pas lui dire que j'avais dessiné ce panorama par dépit amoureux, dépit dont elle était la cause, je n'allais pas lui dire que c'était pour elle que j'avais construit cette console et noirci huit mètres carrés de papier. À la place, j'adoptai un profil modeste en énumérant les zones couvertes, blocs à l'ouest du lac, centre-ville et quartiers côtiers, sans tout à fait lever les yeux du vulgaire prospectus de boîte aux lettres que j'étais en train de feuilleter.

Alors Audrey plongea les légumes dans l'huile bouillante. Elle se retourna en s'essuyant les mains puis me déclara qu'ils marquaient une pause, elle et Herbert.

« Personne n'est au courant. Il y a longtemps que ça ne va plus très bien entre nous. »

Travnik s'effondra en quart de finale, ne parvenant à soustraire que six jeux à son adversaire du jour. Ce fut pénible à observer, surtout à le voir plonger sur des balles désespérées, ou qui avaient déjà rebondi deux fois. Il affrontait un jeune étranger dénommé Joe Black, qui bénéficiait d'une très bonne position dans le circuit régulier, et qui lui infligea une trentaine d'aces dans la torpeur médusée du Carson-soda Stadium, dont une série de trois consécutifs.

Dans les rangs des officiels, Salinas était blême, silhouette statufiée aux côtés de celle de Patrick Gross-Patrick, dont le tic nerveux consistait à susciter son peigne à chaque minute pour rectifier sa saleté de raie.

Courant après une énième situation perdue d'avance, Gustavo percuta un ramasseur qui dut sortir sur une civière. À la fin, sa tunique avait viré à l'ocre. Il trottait à petites enjambées, tête baissée comme s'il devait sans cesse lutter contre une bourrasque, ou peut-être était-ce le vent des boulets dont l'autre le canardait sans pitié. En quittant le court, il rasait les murs tel un passager clandestin, renonçant à son habitude de gratifier ses fans d'un cœur tracé sur la terre battue.

Dans son billet radiophonique du lendemain, Sophie-Noëlle soutint sans rire que les astres lui avaient été défavorables. En poétesse impérissable, elle y fila l'allégorie d'une mise à mort, la fin tragique d'un gladiateur du sport. La presse locale parlait d'une défaite lapidaire, eu égard à sa concision brutale, mais aussi parce que Gustavo donnait l'impression qu'on lui avait jeté des pierres.

Bien m'en prit, j'avais parié contre lui en douce, dans un bar-tabac d'Indépendance où l'on ne me connaissait pas. Lorsque Travnik s'écroula dans mes bras, à l'occasion de la triste cérémonie à laquelle Salinas avait convoqué ses partisans au Country, j'éprouvais une culpabilité horrible à goûter simultanément sa détresse et l'épaisseur réconfortante des billets dans ma poche. Il n'y en avait pas tellement mais c'étaient des gros. Avec ça, je n'arrivais pas à me départir de l'idée absurde que mon pronostic avait influé sur le résultat du match. Pour apaiser ma conscience, je me remémorais sa cuite à Bellerive en fin d'année, ses chaussettes trouées et sa petite masse cadavérique enfouie dans la sapinette alors qu'il venait d'y dégobiller tout ce qu'il pouvait.

En conclusion de sa brève allocution, le président rappela avec justesse, mais non sans un nuage de déconvenue dans la voix, que Cypress représentait à présent le dernier espoir de Carsonville.

Les jours d'après, on ne vit plus la voiturette de Morshwiller aux alentours du stade. Il se tenait à l'écart pour avoir signé un édito assez vachard sur Travnik, traitant le joueur éliminé de taurillon de rodéo ne sachant plus où donner des cornes, et sa raquette de vieux banjo désaccordé. Le journaliste me téléphona à plusieurs reprises, laissant des messages interminables sur ma boîte vocale, si bien que je n'arrivais jamais à réunir les forces nécessaires pour en écouter plus de la moitié. Du peu que je clarifiais de ses dires, il remontait certaines pistes en rapport avec ce que je savais.

Je l'aperçus de loin, lors du quart de Cypress, embusqué dans la tribune de presse au bord du court, derrière une paire de jumelles. Je ne savais pas s'il était stupide ou seulement myope, ou probablement qu'il traquait les décolletés dans la foule.

Cet après-midi-là, nous étions près de quinze aficionados à nous serrer dans le carré des Dalen, dont les Rust, David, Rachel et Viviane, Loyola, Dan Friedman, Marina Jordan, Gustavo, Denise, et j'avais réussi à me frayer une place à côté d'Audrey, vêtue de sa robe blanche de tortionnaire à qui on sait par avance qu'on va lâcher le morceau.

Je n'avais pas misé mais je donnais Cypress gagnante à dix contre un. Fut-ce pour me donner tort, elle faillit échouer, au même échelon que Travnik, poussée dans ses retranchements et contrainte à effacer deux balles de match. Audrey m'avait broyé les doigts lors de cette phase critique. Et plus tard, tandis que sa sœur se trouvait à nouveau acculée dans les bâches, elle avait niché nos mains entre ses cuisses, pour relâcher sa prise en sautant de joie lorsque Cypress reprit l'avantage contre le cours du jeu. Celle-ci rafla la deuxième manche, excellant à pénétrer dans le terrain à renfort de coups droits intarissables, amenant davantage de nuances, distillant les contre-pieds les plus meurtriers. Puis elle finit par emporter la mise au terme d'un tie-break poussif qui aurait pu sourire à l'une comme à l'autre, et que David vécut le visage enfoui dans les mains. J'étais debout à bondir sur place avec Audrey dans mes bras quand Cypress gratifia les milliers de spectateurs de sa nouvelle signature victorieuse : main plaquée sur le pubis pour se remonter sa paire imaginaire en un geste outrancier.

Au soir de ce succès, je surpris les trois Dalen en conciliabule dans la cuisine, et je fis mine de rebrousser chemin pour ne pas briser l'intimité fraternelle.

Ce fut Cypress qui interrompit ma reculade. « Non, viens, Jeff, au contraire, assieds-toi, on discutait en famille.

Ta place est avec nous. On se disait qu'il s'était passé pas mal de choses récemment… »

En m'installant avec eux, je remarquai qu'ils se picoraient le restant de mes petits cakes à la carotte, et cependant l'ambiance était tellement solennelle qu'aucun rictus de détente n'échappait à aucun visage.

J'ignorais si le froid entre Audrey et Herbert figurait à l'ordre du jour, ni même s'il y avait du neuf sur ce front-là. Aux dernières nouvelles, j'étais le seul à être au parfum, mais les informations circulaient vite à notre époque. Ou peut-être encore qu'ils s'écharpaient à propos du magasin. David m'avait prévenu que la boîte était sur le point d'être vendue. Désormais, l'objectif était d'ouvrir un restaurant. Tel était le projet. Les banques suivaient. L'expert-comptable considérait son prévisionnel d'exploitation d'un œil très favorable.

« Il faut se concentrer sur Cypress, lâcha-t-il. On oublie les motifs annexes. On oublie les sujets qui fâchent. Le seul point dur, c'est cette demi-finale. » Ce disant, il claquait ses mocassins neufs sur le carrelage, et ses doigts s'agaçaient sur les clés de sa nouvelle moto.

Je guettais les réactions d'Audrey, sa figure impassible. Je résistais au besoin de me ronger un ongle. Elle aussi me fixait mais son regard me traversait. J'avais repéré la chair de poule à ses bras. À son apogée, la Louve Arctique avait perdu en demi-finale au tournoi de Carson, c'était peut-être le désarroi de laisser filer ce type de match qu'elle tentait justement d'exorciser.

« Ça va passer, fit-elle. Je le ressens profond à l'intérieur. Repose-toi. Il faut prendre les échéances comme elles viennent. Il reste un long chemin entre où nous sommes actuellement et là où nous voulons aller. »

L'obscurité se répandait comme un chuchotement. De mes petits cakes, il ne restait que des miettes. Les yeux se tournaient vers notre championne, dos voûté, bras en appui sur la table, capuchon de cheveux noirs raides comme des baguettes. Sous son maillot, sa poitrine se confondait avec ses pectoraux. Elle se resservit un grand verre d'une boisson vitaminée, puis elle débita une volée de phrases à la frontière du mysticisme.

« La victoire ne suffit pas. Jusqu'à présent les matchs que j'ai remportés ne sont que des récits inachevés. Je cherche encore. Je crois regarder dans la bonne direction. *Guess*… Je ne pense pas que je pourrai savoir ce qui manque à mon jeu avant d'avoir trouvé ce qui peut le rendre meilleur. »

J'avais vécu la révélation d'Audrey comme un saut en parachute : vitesse folle de l'émotion, brutalité du bonheur à l'éclosion. Depuis, tout ça vagabondait dans ma tête en un va-et-vient contradictoire, alors que nous passions beaucoup de temps ensemble, au Stadium ou à Bellerive.

Elle consacrait la matinée à travailler dans le petit bureau de sa mère au deuxième étage. Puis nous avions l'habitude d'échanger quelques balles sur un court à deux pas sur Corniche. J'adorais les dérouillées qu'elle me mettait, cavaler derrière ses boulets de canon m'emplissait d'une joie sourde. Je la sentais proche alors, au terme de ces journées qui se concluaient invariablement par une séance d'oisiveté dans et autour de la piscine. Son rire avait des inflexions étranges et audacieuses, avec une sonorité très expressive. Je supputais qu'un court-circuit couvait sous la cendre froide, qu'il ne manquait pas grand-chose pour que nous repartions tous les deux. Mais je ne savais pas comment m'y prendre, j'étais sur le rasoir en permanence mais il manquait le déclic. Elle me bloquait. Je n'étais que ce mendiant paralysé par la tension nerveuse.

En soirée la maison se remplissait, ils étaient rarement moins d'une dizaine à venir encourager Cypress, tout ça se terminait en festivités sur la terrasse. Alors Audrey prenait ses distances, elle n'était jamais très longue à grimper se coucher. Sans comprendre comment, je finissais sur une voie de garage. Je ne savais plus quoi penser. J'avais toujours cette tendance à m'emballer, telle était ma conclusion. Elle n'avait pas quitté son mec pour moi. D'ailleurs elle n'avait pas quitté son mec. Ils faisaient seulement une trêve.

Tout de même, je n'avais pas halluciné l'après-midi du quart de finale. Sans avoir rien demandé, ma main s'était retrouvée entre les cuisses d'Audrey, nues et moites, pendant plusieurs secondes, le pouce collé au renflement de sa lingerie. En retour, je lui avais caressé les fesses en toute impunité alors que nous sautillions pour fêter la victoire de sa sœur. Rien de cela ne pouvait lui avoir échappé. Pourtant ça pouvait signifier tout et son contraire. L'amour comptait parmi les domaines où mes incertitudes étaient les plus flagrantes. Peut-être qu'elle s'amusait de ce comportement léger ; ce n'était pas tellement son genre, mais elle traversait une crise conjugale qui vous ramène parfois tout droit vers la crise d'adolescence. Ou peut-être que je me faisais des films.

Le mieux était de me tenir à proximité, à tâcher de créer les conditions d'une pente douce vers laquelle j'espérais qu'elle verse. Dans la vie, je n'avais jamais cherché à séduire, toujours attendu de plaire. Parfois j'avais le sentiment de tisser une toile tout seul dans un coin. Faute de mieux, j'escomptais qu'elle viendrait s'y emmêler. Avec les années, j'avais appris à encaisser les déceptions, à vivre avec les contrariétés, j'avais appris à relativiser et aussi appris la patience. Voilà un bon bagage à se procurer. Plus tôt on acquérait ces notions et mieux on s'en sortait dans l'existence, je suppose.

Un midi que je rentrais du Carson-soda Stadium, je la croisai dehors, en sandales et paréo, occupée à redonner de son lustre au jardin qui périclitait depuis la mort de sa mère. À l'affût d'une pause, elle m'avait suivi jusqu'à la piscine. De mon côté, la fréquence des matchs allait décroissant et mon planning s'en ressentait.

« Dis-moi, Jeff… Excuse-moi, je suis entrée dans ta chambre tout à l'heure. Par hasard. C'est-à-dire, la porte était ouverte… J'ai vu mes dessins sur ton bureau, tu sais. Enfin, tes dessins de moi… »

Elle battait mollement des pieds dans l'eau, puis chassa une guêpe avant de poursuivre : « C'est assez troublant. Je veux dire, c'est mignon. Enfin, je veux dire, c'est très flatteur. Je sais que tu dessines très bien, ce n'est pas nouveau, mais là tu as enjolivé. Ou alors c'est ta mémoire qui te joue des tours… »

Elle n'attendait aucun démenti de ma part, preuve en était qu'elle embraya tout de suite sur un autre sujet, en l'occurrence les addictions sexuelles de son frère. Mais l'association d'idées entre la pathologie de David et mes dessins n'était pas pour me rendre justice, et je conçus du déplaisir face à une telle transition.

Quoi qu'il en soit, Cypress et Audrey avaient jugé que c'en était assez. L'autre soir dans la cuisine, lorsque j'avais semblé les interrompre, les sœurs avaient convaincu David de se prendre en main.

« On lui a dit d'aller voir un docteur. Ce qu'on interprétait jusque-là comme étant de l'immaturité, eh bien c'est une maladie, rien d'autre. On lui a demandé de considérer ça. Il est conscient d'être intoxiqué.

— Et alors ? Comment il a réagi ?

— Il a dit qu'il irait consulter. Et je suppose qu'il va le faire. »

En fin de journée, je tombai sur Cypress au Country Club, comme je ramenais la limousine à son paddock. Elle me raconta que son frère sortait justement de son rendez-vous chez le Dr Jordan, et que Marina l'avait orienté vers un confrère spécialisé, il était même question d'un protocole, une sorte de traitement original auquel David allait souscrire.

« Tsss, un protocole, c'est un grand mot, me fit-il le lendemain matin. Enfin, tu le gardes pour toi... »

J'étais monté sans raison particulière au magasin, juste pour boire un café. Ils venaient de recevoir un arrivage de vélos, nous en fîmes le tour, détaillant les innovations techniques. Gamins, on attendait les derniers modèles des semaines à l'avance, le père Dalen nous autorisait à les essayer dans les sentiers des Kitzbull.

En guise de protocole, ils l'avaient fait dans le cabinet de Marina, sur la table d'auscultation.

Les yeux dans le vague, David contrôlait d'une main la perfection du négligé de sa barbe. « J'en suis pas fier, crois-moi... Remarque, j'ai tenté un truc que j'avais testé avec je sais plus qui, et ça a plutôt mieux fonctionné avec Marina. »

C'était définitivement nul. Je ne lui reprochais pas son mode de vie, mais ça me gonflait qu'il rabatte ses fantasmes sur une fille de notre cercle. Pourquoi pas Rachel, tant qu'on y était ?

« T'es malade… Est-ce que t'es parvenu à récupérer sa culotte ? *Guess*… tu devais déjà l'avoir en stock…

— Jeff, ne t'y mets pas toi aussi. Tu sais que je n'ai plus que toi. J'ai déjà assez de tracas avec mes sœurs. »

Cypress Dalen et Beverley Blanchard se partageaient l'affiche de leur demi-finale respective, avec une prime régionale pour la première et un atout médiatique pour la seconde. S'agissant de Beverley, il n'y avait pas que Morshwiller pour exploiter le filon à coups d'articles à sensation dans le *Carson-Matin*. Sophie-Noëlle n'était pas en reste dans la chronique qu'elle prononçait chaque jour sur les ondes. Elle redoublait d'indiscrétions sur la starlette : astuces minceur, secrets de beauté, bons plans shopping.

Dans tout ça, la vedette avait réussi à se rallier une partie du public autochtone, malgré de nombreux contradicteurs, parmi lesquels les plus virulents glosaient qu'elle ne disputait jamais deux matchs avec le même vernis à ongles.

La joueuse possédait toutefois assez de métier pour laisser entrevoir un immense talent. Elle démontrait beaucoup de capacités et concédait très peu de points.

Elle emporta sa demi-finale haut la main, vêtue d'un petit haut sans manches qui dévoilait son nombril à chaque frappe de balle.

« C'est juste excitant de vivre cette expérience ! » s'exclama-t-elle au micro de Sophie-Noëlle avant de quitter le court.

Lorsque Cypress y pénétra à son tour, le soleil avait décru de plusieurs crans. Elle passa devant nous sans voir personne, avec une indolence que je ne lui connaissais pas, absorbée dans les profondeurs de son intériorité.

À l'inverse de ce qui s'était produit en quart, elle survola la partie, tout en charisme, développant ses idées avec autorité, d'un tennis fougueux bâti sur les décombres du jeu stéréotypé qui avait trop souvent été le sien. Jamais elle ne fut mise en difficulté, dictant l'échange et conservant toujours un matelas de jeux d'avance, s'autorisant même à retenir ses coups quand il n'était pas nécessaire de forcer les vibratos de son cordage.

Alterner le pire et le meilleur en un temps record, c'était tout Cypress. Pourtant elle affrontait Nancy DeWaard, la tenante du titre, celle-là même qui l'avait éliminée l'an passé, et dont le talent consistait à superposer ses balles avec les lignes. Mais Cypress n'aimait rien tant qu'être baladée dans tous les sens, et ce jour-là elle avait vraiment les jambes pour être partout.

Désormais le nom des deux finalistes était connu, ainsi que le noterait Norbert Morshwiller dans son édito à la une du *Carson-Matin*, et personne ne pouvait rêver d'une meilleure opposition de styles.

J'avais fini par rappeler le journaliste, et je descendis le voir un soir après ma dernière course. Il m'accueillit dans son look rétro : boudiné dans sa chemisette, lunettes sales, bottines à talons. Les lieux m'étaient familiers. Ce guéridon par exemple, je le reconnaissais parfaitement pour avoir éprouvé une jouissance fébrile à le projeter dans la bibliothèque, dont Morshwiller n'avait pas remplacé la vitre, ni au moins retiré les morceaux de verre coincés.

« Assieds-toi, tu payeras pas plus cher. » Et déjà il s'approchait du canapé, plein de prévenance. « Laisse-moi enlever ce fourbi, et alors tu pourras t'installer. »

Il venait de faire ses provisions, après quoi il avait réalisé une petite promenade du côté de Nueva Carson pour regarder les filles sur les pelouses du campus en jouant de l'harmonica. Puis il avait passé l'aspirateur.

Je voulais bien le croire, enfin mon intérêt s'arrêtait là...

« À part ça, tu me disais dans ton dernier message que tu avais du neuf.

— Hein ? Oh ! pas vraiment... »

Il avait décidé d'être pénible.

« Est-ce que je te sers quelque chose à boire ? »

Il faisait mumuse, désinvolte au possible. Son ton était calculé pour m'insupporter. En rétorsion, je n'avais pas répondu. Il revint avec un seau de glaçons et une bouteille neuve, un alcool de détective privé, celui qu' il jouait à être avec autant de crédibilité qu'un chien qui miaule.

« Alors, Cannon, tes histoires de chaude-pisse. Où en est-on ?

— Le mec qui m'a bastonné. Le grand chauve aux dents en or, tu l'as remis ?

— Tes petites affaires de mœurs… Tu me fais rigoler. On ne joue pas dans la même dimension. Les cartes que je possède sont cent fois plus torpilles actuellement. De quoi déballer les poubelles des Gross-Patrick sur le trottoir. Mais je t'expliquerai un autre jour, à tête reposée. »

Il cala ses bottes en écailles de serpent sur la table basse. Ce baroudeur devait chausser du 38 à tout casser.

« Bon. Je te laisse avec ton aspirateur. Ça tombe bien, j'ai d'autres trucs à faire. »

Je fus debout d'une détente. Et déjà je le saluais d'un geste indifférent.

« Attends… Gross-Patrick possède ses pistoleros attitrés, des hommes capables de tuer. Mais pour les missions subalternes, il sous-traite à des rednecks anonymes, difficiles à identifier… »

Il appuya le verre à ses lèvres pour avaler une gorgée dévastatrice qui lui permit tout à la fois d'en entamer et d'en achever le contenu. Je le dévisageai un moment, le temps que cesse le pot d'échappement de sa toux. Puis, les yeux fermés, je produisis l'effort nécessaire pour rester calme, ne penser à rien. C'est à ce mariole que je confiais mes secrets les plus fumeux. Un mec qui se déplaçait en voiturette. Un buveur de panaché. Un rédacteur sportif. Une tête de nœud qui possédait un divan de velours et un puzzle de chamois suspendu au mur.

« Excuse. Je l'ai pris en travers. »

Il s'était levé pour se rincer à l'eau minérale, puis il revint avec un plateau chargé de victuailles en tout genre.

« D'après mes sources, il y a eu entre dix et quinze occurrences de blennorragie sur la période. Avec un peu de chance, ça fait plus que huit en enlevant toi et ta Shannon.

— Tu pourrais obtenir une liste nominative ? »

Il fit non de la tête pour mieux s'enfourner une mini-saucisse repeinte à la mayonnaise.

« Complexe. Et surtout inutile... J'ai eu ton renseignement via un autre filon. Ta poule, elle sort avec Dingo, tu vois. Ce n'est pas vraiment un scoop, la nouvelle est sur le point de tomber dans le domaine public. Avec un client pareil, pas surprenant qu'elle t'ait refilé des cochonneries... »

Diego Gross-Patrick. Le surnom s'expliquait par ses frasques multicatégories et par le nombre de voitures de sport qu'il envoyait à la casse. Trois ans en arrière, il avait connu une vilaine embardée sur Corniche, et les secours avaient repêché son coupé dans le lac, ainsi que le corps sans vie de sa passagère. Dingo s'en était tiré à peu près indemne, et pour se disculper il avait prétendu que la passagère en question était en réalité la conductrice, ce qui n'avait dupé personne, sauf les enquêteurs du département de police à la solde de son grand frère, Patrick Gross-Patrick.

Morsh relatait que Dingo était désormais en charge de la sécurité du maire, avec la mission de le suivre comme son ombre ; les mauvaises langues disaient que c'était le moyen qu'avait trouvé l'aîné pour garder un œil sur lui. Toujours d'après Morsh, pendant les grèves aux brasseries, on avait reconnu Dingo sous un uniforme de policier, s'appliquant à matraquer les insoumis. Plus récemment, ce traîne-lattes s'était piqué de jouer au pompier volontaire, et son entregent lui avait permis de réaliser son caprice au mépris du danger, avec l'appui d'une équipe de télévision locale, ce qui s'était soldé par l'hospitalisation du chargé de sécurité pour brûlures aggravées.

« J'ai eu à le connaître plus jeune. Je les ai soufferts une longue partie de ma scolarité, Herbert et lui. Ils m'ont fait beaucoup de misères, les deux jumeaux. Des trucs pas terribles. Attention, je suis pas en train de te parler de bonbons au poivre… »

Quant à moi je n'avais pas eu la fortune de les côtoyer d'aussi près mais je devais les subir à leur manière, l'un et l'autre : Herbert m'avait volé Audrey et voilà que son frère me soufflait Shannon, à des années de distance. C'était fort. Il y aurait eu de quoi se sentir persécuté, voire bafoué, si tout cela n'était pas si risible. En vérité ces filles m'avaient quitté pour les rejoindre, elles avaient agi en pleine conscience, autant que je sache. Mais tout de même, ils pourraient peut-être se débrouiller sans moi à présent pour se trouver des fiancées.

« En tout cas, merci pour l'info. Je vais voir ce que je peux en faire...

— Et cette Shannon, est-ce qu'elle valait le coup au moins ? Est-ce qu'elle t'a donné beaucoup de joie ? Quelque part, je t'envie. Les mecs comme toi, vous avez toutes les femmes. Pour moi, c'est un peu compliqué, le beau sexe. »

Norbert buvait vite et trop, comme un adolescent. À l'inverse, je ne touchais pas mon verre.

« Le plus difficile, c'est d'endurer leurs tenues aguicheuses, d'avoir ça sous les yeux et de savoir que j'y ai pas droit. »

Je le contemplais, intrigué par son mystère, comme on le ferait d'une équation sophistiquée, sophistiquée au point qu'on n'a aucune illusion sur ses chances de la résoudre. Je n'y connaissais que dalle en psychologie humaine. Enfin, comme tout le monde. C'est-à-dire que j'étais convaincu d'être futé, mais en vrai j'avais faux dans les grandes largeurs.

« Parfois, je me caresse au téléphone, lorsqu'une fille appelle pour me vendre une assurance ou une saloperie de crédit. Je leur demande ce qu'elles portent comme sous-vêtements…

— Tu recommences ton cirque, Norbert… Je vais me rentrer. T'es schlass, mon vieux. »

Il me revenait cette scène qui s'était déroulée quelques nuits plus tôt à Bellerive, alors que j'étais descendu à la cuisine. Longeant le salon, j'avais discerné la masse sombre de Cypress qui se découpait sur le canapé, dans l'unique lueur de la télé, et il me sembla qu'elle se masturbait, sous le parrainage de la tête de cerf dont les bois ramifiés pesaient de leur ombre effrayante, sans que mon apparition ne l'ait ni gênée ni interrompue, à peine avait-elle braqué la tête pour jeter un œil exploratoire, sans freiner son geste.

« Oui, je sais qu'on me trouve bizarre. Je suppose que ce n'est pas évident de comprendre qui je suis. Mais si j'avais le choix, je ne voudrais pas être différent pour autant, beau gosse, propre sur moi. J'aurais l'impression de trahir. Et puis j'ai l'habitude. Les quolibets, les brimades, je connais ça par cœur. Ça ne date pas d'hier… »

La nuit s'abattait, Morshwiller ne songeait pas à allumer les lampes, tout à ses petites saucisses en boîte qu'il éperonnait d'un cure-dent.

« Au bal du lycée, Dingo avait du sexe oral dans les buissons. Je passais par là par hasard, il a dit à la fille d'aller m'embrasser. Elle s'approchait, je revois encore sa démarche, j'étais hypnotisé par ce chien qu'elle avait, j'étais cloué par le défi de son regard insolent. »

Il saisit une paire de chouquettes pour les tremper dans la mayonnaise d'un geste raffiné, avant de se lécher les doigts.

« Sa bouche était pleine de sperme. Ils étaient morts de rire, lui comme elle. La blague a circulé toute la soirée. »

Je le fixais sans rien laisser paraître, dans ce deux-pièces sinistre aux murs de plâtre, et je revoyais soudain en lui le gamin morveux, au garde-à-vous devant la flamme censée perpétuer la mémoire de son frère et celle des autres disparus dans l'avalanche mortelle.

« La honte, ça ne s'apprend jamais, c'est toujours foudroyant. L'injustice, le sentiment d'infériorité, le manque d'estime de soi : ça se travaille, on peut bâtir dessus. Mais la honte, ça n'apporte rien. C'est une leçon sans morale. »

Au-dessus de nos têtes, on entendait de la musique et des pas, les éclats de gaieté symptomatiques d'une fête. Et dehors, à travers la vitre de la cuisine, une enseigne lumineuse pleurait dans le noir. Morsh restait là bien tranquille, à me regarder, carré dans son fauteuil en bois, les mains à plat sur les cuisses. Il avait piqué ses cure-dents dans l'accoudoir, formant le symbole *Peace & Love*.

« Bourses-Molles, c'est le surnom qu'ils m'avaient donné. »

J'avais envie de pisser, mais je ne tenais pas tellement à m'aventurer dans ses latrines.

« Allons, ne fais pas cette tronche d'enterrement. Tiens, mange quelques saucisses avant que je les consomme. Tu sais, je ne suis plus leur souffre-douleur, à ces chacals sanglants. Et goûte aussi le pâté de pommes de terre, tu verras qu'il est excellent... Je ne suis plus le petit martyr qui ferme sa gueule. Maintenant j'ai les clés du bulldozer qui va démolir les Gross-Patrick, eux et leur empire. »

Il désignait du menton sa table de travail.

« Je me suis racheté un computer... »

Et agitant une clé d'un autre genre sous mon nez : « Fortunément j'avais conservé tout là-dedans. Je te préviens que je vais semer un gros bordel. Je ne serais pas surpris qu'on pense à moi pour le Pulitzer...

— Ça a l'air sérieux ton truc. C'est vraiment lourd ?

— Pas mal. 32 mégaoctets. »

C'est dans l'obscurité qu'il soliloquait maintenant, au sujet de la taupe dont il disposait au sein de la holding des Gross-Patrick, un mouchard qui lui avait remis des documents sous le manteau pour soulager sa conscience, avant de mourir d'un cancer trois mois plus tôt. Des tonnes de fichiers matérialisés par la fameuse clé, inaccessibles au néophyte, mais qui décrivaient à coup sûr le système mafieux déployé par la Carson Compagnie.

« Il y a quelque chose à trouver et je le trouverai. Corruption, fraude au fisc, blanchiment… Et s'il n'y a rien à trouver, je le trouverai quand même. »

Malgré l'aspect pathétique du personnage, je ne réussissais à le prendre ni en pitié ni tout à fait à la dérision. Je l'écoutais, un peu par curiosité, et puis ses salades ne m'engageaient à rien. Parfois les découvertes les plus magistrales se produisent à la faveur d'une telle configuration peu glorieuse, sur ce terreau banal et fortuit.

Depuis lundi, Morshwiller échangeait sur réseau crypté avec un mathématicien anonyme spécialisé dans les scandales financiers, une sorte de chevalier blanc qui avait retourné sa veste. Tous les deux, ils œuvraient à faire parler les listings de la taupe, recoupant les données diverses : déclarations de revenus, contrôles fiscaux, organigrammes, comptes macro. Ils venaient de tomber sur une série de virements douteux qui les conduisaient dans un labyrinthe de trusts fiduciaires sautant de banque en banque, via des sociétés-écrans en cascade et des comptes offshore.

« Tu saisis, Cannon ? Tu vois le tableau ? Tu devrais savoir que l'évasion fiscale ça consiste essentiellement à mettre des faux-semblants et des cloisons partout. C'est à ça que ça sert, ces petits comptes au large. C'est aussi très pratique pour recycler de l'argent sale ou empocher des transactions occultes, financer en sous-main une campagne électorale ou des groupes paramilitaires. »

Norbert était en train de consolider tout ça. À l'en croire, c'était un travail digne d'un tatoueur de fourmis mais il y avait un côté distrayant à démêler ces montages hors-sol.

Puis il remettait son disque à propos des Gross-Patrick. Leurs 26 % de participation dans le *Carson-Matin*. Les marchés truqués. La holding. La scierie. Les brasseries. Le casino. Les deux cents semi-remorques. Les deux mille cinq cents emplois directs. Les centaines de millions de bénéfices réalisés. Alors qu'est-ce qu'ils en avaient à battre de licencier trente-cinq syndicalistes aux brasseries ? Et qu'est-ce qu'ils en avaient à battre qu'un de ces pauvres types fasse un carnage à l'arme automatique parmi ses anciens camarades ?...

D'après le coucou du salon, j'avais passé deux heures et demie chez Morshwiller. Je finis par me lever pour aller à la fenêtre. Il n'y avait pas grand monde ce soir-là dans les rues. Je ne savais pas quoi penser de tout ça. Sinon que le coup de l'informateur cancéreux me paraissait sujet à caution, pour l'avoir vu dans trop de films.

Morsh m'avait rejoint près des rideaux.

« Je t'agace, hein, Cannon ? Ça te les râpe, ce que je te raconte. Pourtant je crois que nous sommes dans le même camp. J'ai toujours pensé à toi comme à un type qui tient la route. Tu es peut-être un peu transfuge, avec tes entrées dans les belles villas, mais tu restes malgré tout du côté du travail et des forces productives. »

Il était temps d'évacuer les lieux. J'eus un dernier regard pour ses oreilles en hippocampes, ouvragées comme des mandolines.

« Allez, je te quitte.

— Non, déjà ?

— Oui, bonne nuit, Norbert.

— Oh tu sais, moi, je ne dors presque jamais. Le jour, la nuit, pour moi c'est idem. La nuit c'est juste du noir. La différence avec le jour, c'est seulement l'absence de lumière… »

Je lui fourguai une piètre excuse, dont le but n'était pas qu'il y souscrive, mais plutôt de ne pas avoir à l'abandonner sur un silence. Et j'avais déjà entamé la descente des marches lorsqu'il fit ce commentaire à qui voulait l'entendre : « On a passé une bonne soirée, hein ? »

Le matin de la finale, je sautai du lit à sept heures avec un moral de battant, soit le tempérament minimum pour affronter cette journée cruciale. Ce soir, ce serait l'ombre ou la lumière. Pour l'occasion, j'avais subtilisé un pantalon à David, rose pastel, ainsi qu'une chemise dénichée dans une panière à linge qui attendait un repassage hypothétique. J'entrepris aussi de me raser de près, me frayant un chemin sur la pointe des pieds dans la salle de bains dont le sol était jonché des effets de Cypress, chaussettes sales et fringues en boule.

Devant la glace, je cherchais une parole à lui dire en vue du match. Dans ces cas-là, on a envie de trouver des mots intelligents, pas forcément impérissables mais utiles si possible, un peu plus singuliers qu'un « bonne chance » et une tape sur la nuque.

Au fond Cypress était toujours cette gamine à qui on avait collé de force une raquette dans les mains. Maintenant elle avait ça dans le sang, bloquée dans sa quête de reconnaissance, mariée avec le tennis jusqu'à s'interdire la moindre infidélité. La colère, les outrages, ses accoutrements impossibles, cela constituait autant de tentatives marginales pour briser le collier de sa chaîne. Pourtant elle n'avait jamais cessé d'obéir aux injonctions qui pesaient sur ses épaules. Je le comprenais d'autant mieux que j'étais à peu près tout l'inverse. Je n'avais jamais eu assez de caractère pour dépasser le moindre horizon, je ne me révélais pas dans l'adversité, m'efforçant de suivre les caps opposés à ceux que l'on m'indiquait.

En descendant, je tombai sur elle, en larmes à la table de la cuisine, Audrey agenouillée à ses pieds.

« Qu'est-ce qu'il y a ? T'as mal dormi ?

— Non, elle a PAS dormi. »

Pour ne rien arranger, elle invoquait un mal de ventre, elle se sentait patraque, et en plus elle n'avait pas de jambes.

« J'ai pas envie de perdre contre cette godiche ! Ça serait lui donner raison. »

Moi aussi j'étais noué, je savais que rien d'autre ne passerait qu'un café, et encore, ultraléger.

« Tu n'es pas obligée de perdre, dis-je près de la cafetière.

— Ouais, et si je gagne pas ? Je vais passer pour la conne prétentieuse.

— *Guess*… Dans ce cas tu lui balances ta raquette dans la gueule. Tu lui exploses le nez.

— Merci Jeff. Si tu n'as pas de meilleur conseil, j'apprécierais que tu me laisses seule avec ma petite sœur. »

Je n'en fis rien, égarant mon regard par la fenêtre sur la plaine du lac. Les eaux absorbaient les cendres véhiculées par un vent d'ouest en provenance des Rocafrias. Il y eut le passage d'un bateau de plaisance, puis le cri fracassant d'une bande de corbeaux, et je lâchai cet adage un peu à part moi : « Tu peux rester dans l'entre-deux pour longtemps si tu fais seulement ce qu'on attend de toi… Je ne sais pas, je suppose qu'on ne peut pas s'en vouloir d'avoir perdu si l'on s'est efforcé d'être aussi original que possible. »

Ces paroles emplirent le volume de la cuisine d'une chape mystique, en même temps qu'un rayon de soleil éclaboussait la pièce comme une trompette en or. Les deux sœurs levèrent le visage vers moi de concert, comme si j'étais un enfoiré de messie, ce qui me semblait très exagéré.

J'avais quitté Bellerive pour le centre. Il était tôt, la ville paisible encore. Je ressentais la nécessité de cette excursion, conduire à perte, réfléchir sans borne, me régénérer dans le cocon protecteur du break avant la finale. On aurait besoin de mon soutien, en cas de débâcle, or je redoutais l'issue de la confrontation, malgré moi.

Je me payais un tour complet du lac, dans le sens inverse des aiguilles d'une montre, Corniche, Promenade, vitre baissée, radio. Prise dans son ensemble, ma vie m'apparaissait comme une moyenne nébuleuse de faits divers et de conséquences. Mais peut-être qu'on se fourvoie lorsqu'on pense à sa propre histoire comme une frise insécable. On devrait plutôt se la remémorer sous forme de cartes postales piochées au hasard, détachées de la chaîne des causalités. C'est de cette façon que j'aimais penser à mes parents, et non pas en invoquant une quelconque destinée. Depuis toujours, je me les représentais comme des jouets de caoutchouc au sourire perpétuel, parfaitement coiffés, figurines candides figées dans leur âge immature, tournées vers moi, gamin assis sur la banquette arrière de ce break dont j'avais hérité à leur mort, et où je sentais leur présence plus que partout ailleurs. Et maintenant, j'étais plus vieux qu'eux au moment de leur disparition. Pourtant ils avaient eu le temps de faire un gosse. Tous ces recoupements me jetaient dans une sorte d'abîme où passé et présent interféraient comme des parallèles qui finissent par se croiser.

Il en allait de même entre Audrey et moi. Ces jours-ci des trucs enfouis remontaient de l'ancien temps, vestiges de complicité, petits rites que nous nous surprenions à reproduire. Nous étions en pleine saison rose. Un après-midi, j'avais enfilé mon uniforme de chauffeur dans ma chambre, descendu les escaliers, plutôt à la bourre, j'avais fait une escale sur le palier du premier étage, poussant minutieusement sa porte pour jeter un œil, nouant ma cravate à l'aveugle, la Louve Arctique dormait, le drap en tire-bouchon laissait voir des pans de peau nue, le tissu blanc d'une culotte qui lui rentrait dans les fesses, c'était beau à chialer, visage fragile, bouche entrouverte sur l'oreiller cabossé, le rebord de ses lèvres, le toboggan de son nez, elle s'était réveillée, avait souri, avant de lâcher ces mots : « Tu ne devrais pas être là, Jeff. C'est dangereux… »

Oui, c'était dangereux, c'était glissant, c'était terriblement bon. La vie me souriait à nouveau. Je pensais aux jumeaux Gross-Patrick, ces deux trouducs qui me piquaient mes nanas. Herbert, je n'en avais rien à foutre. Je ne voulais rien savoir de lui. Je n'avais pas de revanche à prendre. Il n'avait jamais existé pour moi. Idem pour Dingo, à bien y réfléchir. Je ne réclamais pas vengeance non plus. J'avais plein de défauts mais pas celui d'être rancunier.

J'avais atteint Pin-Bleu lorsque Marina me téléphona.

« Je viens d'avoir Sophie-Noëlle. Elle se renseigne sur les maladies vénériennes. Je sais pas, j'ai trouvé ça bizarre. J'ai préféré t'en parler à tout hasard. Bon, je te laisse, on se voit au match. »

J'appelai Morshwiller sur-le-champ. Ce gros cul ne répondait pas, les sonneries retentissaient à blanc. Et je ne pus le coincer que deux heures plus tard, à l'entrée du Stadium.

« C'est quoi ce tapage de Sophie-Noëlle ? On avait un agrément. Je t'avais pas demandé de garder ça pour toi ?

— Oh, ça... C'est de l'histoire ancienne. Oui, je l'avais mise sur le coup. J'avais besoin d'un renfort de compétence. Tu es au courant de ce détail idiot qui s'appelle le secret médical ? Sophie-Noëlle a des entrées dans le milieu. Et comme il y a longtemps qu'elle convoite l'horoscope du journal, elle est prête à tout pour obtenir mon piston. »

Ses petits yeux s'en réjouissaient. Quel autre dessein que celui de me provoquer poursuivait-il en ricanant ainsi, dans un sourire minuscule ?

« Tu es fier de toi, Bourses-Molles ? Non seulement tu fais le contraire de ce que je t'ai demandé. Et de surcroît tu t'adresses à la pire des commères qui soient dans cette ville !

— Mais rassure-toi, elle ne sait rien à ton propos. »

Je l'attrapai par les cheveux pour le plaquer à moi.

« Si quelqu'un à Bellerive apprend quoi que ce soit, je te jure que... »

Je n'avais pas d'inspiration pour caractériser ma menace. Je me sentais dépité. Le mal était fait, c'était trop tard. Des représailles n'y changeraient rien. En me confiant à l'enquêteur vedette du *Carson-Matin*, j'avais pris le risque d'éventer mon secret, le risque que tout le monde sache, Audrey au premier chef. Voilà où nous en étions. J'avais eu tort et je n'avais plus qu'à retourner contre moi les vaisseaux de ma colère. Sentant sa boucle d'oreille d'aventurier sous mes doigts, je la lui arrachai d'un geste imprévu. Malgré ses hurlements, je parvins à lui glisser qu'il pouvait s'estimer heureux que je ne lui fasse pas gober son bijou.

Avec ces bêtises, j'arrivai le dernier dans le carré des Dalen. Par chance, je n'avais loupé que la danse contemporaine que Sophie-Noëlle offrait en lever de rideau, avec quatre ou cinq furies de son acabit, représentation que Gustavo me décrivit comme très exaltée, et qui consistait à lancer les bras en signe de SOS, avant de courir dans les diagonales pour se jeter par terre, comme fauchées par un éclat d'obus.

Soudain Cypress pénétra sur le court, et ce fut un roulement d'applaudissements. Tout Carsonville partageait sa revendication de remporter la coupe, au point que le public ne refréna pas son ovation malgré la surprise qu'engendrait son allure : les tempes tondues à ras, dégageant la vue sur les prothèses, le reste des cheveux balancé en une infâme mèche de vingt centimètres, préjudice visuel qui lui balayait les yeux à la moindre saccade. Elle avait surmonté le tout d'un diadème. Un polo noir trop grand complétait sa tenue, ainsi que son bermuda kaki dans lequel elle avait triomphé de Nancy DeWaard.

Beverly Blanchard parut à son tour.

L'échauffement se déroula dans une ambiance glaciale.

Le match pouvait débuter.

Cypress perdit très vite les cinq premiers jeux, propageant la sidération parmi les supporters et jetant les tribunes dans un bain mortifère. Lorsque la manche fut décernée à 6-0, elle balaya le tragique d'un petit rire fringant, tout en maîtrise de soi, avant de s'emporter deux minutes plus tard sur un lanceur de balles un peu long à la détente, auquel elle fit mine de mettre son pied au cul.

Derrière moi, Richard ou Gustavo déclara qu'elle s'énervait et que c'était justement ce qui allait la sauver ; je ne croyais pas à ce présage, pas plus probablement que celui qui l'avait prononcé. Après cette entame catastrophique, j'étais persuadé que nous allions être entraînés dans un châtiment laborieux, et j'hésitais à l'espérer le plus rapide possible, d'autant que son déguisement perdait de sa valeur militante pour laisser place au ridicule de la situation.

Malgré tout, il y eut une éclaircie timide, Cypress rivalisait avec son adversaire, lui opposant une farouche résistance. Elle avait du mal à marquer ses jeux cependant, c'était toujours une bataille d'avantages, quand l'autre pliait les siens en cinq ou six coups. Les choses allaient au train d'une alternance un peu morose qui voyait l'une et l'autre joueuse remporter son service. Et cette routine sans éclat avait la faculté contradictoire d'exacerber l'aspect dramatique de la défaite qui se profilait pour Carsonville.

Beverley Blanchard flottait au-dessus de tout ça, souriante, très à l'aise avec son corps, sous l'emprise d'une belle application que lui dictait un jeu tout en mesure. Et elle n'omettait pas de gémir à chaque balle, de son petit hi-han érotique que certains la suspectaient de pousser dans le seul but de minauder. Dans sa loge, son prince charmant gesticulait sous la seconde peau de ses tatouages, convaincu lui aussi de la victoire de sa protégée. Parfois il ôtait sa casquette pour laisser admirer la sculpture hallucinée de sa coupe de cheveux. Elle lui souffla un petit baiser alors que le filet venait de lui être effrontément favorable.

Relâchant mes yeux dans le vague, je reconnus Morshwiller, pansement volumineux à l'oreille. Dans le quartier des huiles, Diego Gross-Patrick battait un éventail d'un bras, l'autre en écharpe, la face à moitié brûlée. J'étais tendu, davantage qu'une tension, c'était même une torsion. Malgré la chaleur, je ne parvenais plus à émettre une goutte de sueur. Rusty se ratissait la moustache avec les dents du bas, et, ne tenant plus en place, s'absenta pour chercher des canettes. Il avait peut-être raison de se dérober à ce vilain numéro. Moi-même je me demandais si ça valait la peine de vivre ces moments-là, surchargés en stress, ou s'il ne valait pas mieux une existence sans soubresauts, d'autant que j'en avais connu mon aise, de ces épisodes accablants, lorsque Audrey était sur le court à la place de sa sœur.

Cypress venait de changer de raquette pour la seconde fois lorsqu'elle réussit à arracher le deuxième acte au tie-break. Il y eut une approbation dans les gradins, nourrie d'étonnement. Les applaudissements étaient de ceux qu'on offre à la perdante magnifique, celle qui claque ses dernières cartouches pour le seul orgueil du spectacle, mais dont on sait pertinemment qu'elle ne se démène que pour reculer l'échéance. Sur son banc, Beverley eut la prévoyance de mastiquer une demi-banane. Elle continuait de sourire comme si rien ne pressait. Pourtant, objectivement tout redevenait possible, ainsi que David le précisa à la cantonade. Tout de même, Cypress semblait avoir abandonné beaucoup d'énergie dans sa remontée, comme Audrey me le souffla.

Le troisième set se révéla un duplex du précédent, à ceci près que le niveau de jeu était monté en flèche pour offrir ce qui resterait comme la meilleure séquence du tournoi. Aux longues phrases létales et désincarnées de Beverley Blanchard, Cypress rétorquait par des enchaînements inédits, avec une inventivité virtuose. À rebours de ses anciens égarements lyriques, elle jetait ses traits comme à main levée, toujours dans le bon tempo. Tout ne fonctionnait pas, mais l'extrême activité de Cypress procurait un effet de recherche sous-tendu par un projet insolent et instable, éblouissant et chargé d'angoisse.

En face, les balles de Beverley s'étaient faites plus charpentées, avec une efficacité dépouillée du superflu. Toutes les deux, elles donnaient l'impression de travailler leur tennis sous nos yeux.

Cette passe d'armes se déroula à une vitesse folle, presque en accéléré, clouant le Carson-soda Stadium dans la plus sourde hébétude, l'haleine suspendue au fil des échanges. Aussi ce fut la stupéfaction lorsque l'arbitre mâchonna quelques mots dans son micro. Il résultait de ses paroles inaudibles qu'un ultime tie-break s'ouvrait.

Toute la ville s'était remise à y croire.

Et pourtant le tableau afficha bientôt 4-0 en défaveur de Cypress. Alors pendant plus d'une minute le public se lança dans une bronca terrible, martelant les gradins du talon pour lui signifier qu'elle déconnait, qu'on exigeait un sursaut de sa part. La tribune ouest, à laquelle nous appartenions, l'entendit hurler tout à coup : « J'AI MES RÈGLES PUTAIN ! »

Le silence était ce projecteur braqué sur Cypress. Il n'y avait que Friedman et le cliquetis de son Zippo pour porter atteinte à sa virginité. Et c'est dans cette atmosphère de funérailles qu'elle se racla une glaire de l'arrière-gorge. Elle prit soin de se la reconstituer en bouche avant de l'éjecter au loin d'une belle salve, puissante et sans bavure.

Le mollard s'écrasa sur la terre battue, à trois mètres de la chaise arbitrale. Nous craignîmes un moment que celui-ci ne la renvoie au vestiaire. Il parut à deux doigts d'en donner l'ordre, malgré l'intercession de Bernard Oxenberg, paumes jointes, qui se prolongea de longues secondes, durant lesquelles j'implorais Cypress en pensée. Elle était capable de railler n'importe qui en face, et là il fallait seulement se taire.

L'arbitre hésita encore puis se rembrunit pour remballer ses principes, redoutant sans doute un tollé du Carsonsoda Stadium.

Dans la foulée, Cypress porta la main à ses prothèses pour en couper le son, avec l'air de dire : « De toute façon vous me faites tous chier. »

Cela fait, elle recolla à 4-4, d'abord d'une amortie à contre-emploi, puis à grands coups de raquette rageurs, prenant des risques inconsidérés, tant dans ses montées que dans les trajectoires qu'elle ordonnait à ses balles. Elle était belle à voir, en colère comme ça. Le stade exultait. Et moi aussi, je hurlais pour me libérer des émotions accumulées, je beuglais et je braillais comme si je n'avais plus été moi, comme si ma vie dépendait de l'issue de chaque échange.

Cypress céda le point suivant sur une double faute, et celui d'après en défenestrant un revers magistral qui s'envola comme une fusée. C'était une balle de match. Et même deux.

Le soleil était descendu dans le ciel, étirant les ombres, et celles des joueuses figuraient des silhouettes de flamants roses sur la terre battue.

Beverley Blanchard touchait la coupe du bout des doigts. Et pourtant ce fut son tour de commettre une double faute. Percluse de crampes, Cypress s'efforçait d'accentuer le pathétique de sa douleur pour exhorter ses soutiens ; elle prit le temps d'élire une balle parmi les quatre ou cinq qui s'entassaient dans les soutes de son bermuda, et soudain elle servit à la cuillère. Beverley en fut tellement ahurie qu'elle répondit d'une pichenette sans puissance, comme à la plage. Le point dura de longues minutes, je remarquai que David ne pivotait plus la tête, le regard immobile posé sur le filet. Il dut comprendre aux monstrueux cris de joie que sa sœur venait d'égaliser. Et notre exultation reçut en écho démultiplié celle de la foule massée devant les écrans géants du parc central.

À 6-6, le moment était parfait de suspension, raide et tendu comme un arc bandé, la flèche prête à se décocher. Quelque part dans le futur, le sort avait déjà tranché. Cypress allait gagner, ça ne pouvait pas être autrement. Comment aurais-je pu conquérir sa sœur autrement que dans le chaos d'un triomphe ?

Au changement de côté, elle grommela une insulte à Blanchard. L'autre accueillit le compliment avec une stupeur indignée, mais l'arbitre fit celui qui n'avait rien remarqué. Puis Cypress prit le septième point au filet, alors que la situation était loin d'être propice. Sanctionnée d'une balle de match contre elle, Beverley dépêcha un service terrible qui lui permit de balader son adversaire en fond de court. D'un revers décroisé, elle expédia Cypress à deux pas des premiers rangs, un genou en terre, et celle-ci parvint à retourner une balle grimpante, une cloche burlesque pour tout dire. Blanchard fut dessous avec trois secondes d'avance, elle prit la peine d'ajuster tous les paramètres pour abattre un smash assassin dans lequel on sentait toute son humeur noire.

Ce fut épatant alors la manière qu'elle eut de donner le change, se replaçant comme un poulet sans tête au milieu du terrain, prête à refaire feu, alors que son smash immanquable était resté dans la nasse du filet. Il lui faudrait sans doute des milliers d'insomnies pour émousser le tranchant de ce souvenir.

Cypress célébrait déjà sa victoire, s'empoignant l'entrejambe pour se remonter les parties génitales. Dans le clan Dalen, nous étions tous à crier comme des veaux. Puis elle retira son polo à toute vitesse, puis sa brassière, de manière à exposer le majeur tendu qu'Audrey lui avait dessiné au marqueur indélébile sur la poitrine. Elle prit le temps de dédicacer cette image à tous ceux qui n'avaient pas cru en elle, au premier rang desquels Dahl Salinas. Cela se traduirait le lendemain par une photo floutée à la une du *Carson-Matin*. Cypress me dirait plus tard qu'elle l'aurait dédicacée tout pareil à Beverley en cas de défaite.

La fête s'étala sur près de quarante-huit heures. Il y eut d'abord la remise des prix, le discours interminable de Patrick Gross-Patrick – « … très vite ériger une statue à l'effigie de cette joueuse exceptionnelle, à la ténacité de laquelle nous devons d'avoir vibré de tant d'émotions aujourd'hui, afin que chacun se souvienne de ce jour glorieux entre tous pour Carsonville… » –, la parade dans le parc central, puis sur Promenade, Cypress saluant à l'arrière d'un pick-up aux armoiries du club, acclamée par la foule, pressée d'admirateurs auxquels elle ne pouvait se soustraire pour être en si grand nombre, le cocktail au Country, puis chez Salinas, dans sa villa du district privé de Hayden-Arroyo, lovée entre le golf et la baie, avec un ponton gigantesque tendu sur l'eau du lac. Une haie d'honneur attendait Cypress sur la terrasse, qu'elle dut franchir sous la giclée des bouteilles. Je n'assistais pas à la scène. Audrey non plus. Pour l'excellent mobile qu'elle venait de se précipiter sur moi dans le vestibule désert pour me bouffer la langue. Ce ne fut pas le long baiser collant au cours duquel on manque de s'étouffer, mais une morsure de chiots, avec des reculades et des retours comme si des puissances invisibles tiraient sur nos laisses.

Et c'est les jambes en bouillie que je parvins à descendre les marches en direction du jardin. Je me recoiffai, constatai que j'avais de la salive sur le menton, qui me coulait dans le cou.

Nous étions peut-être quatre cents à piétiner les pelouses du président. On entendait sauter les bouchons dans tous les sens. Il y avait là tous les matous de la ville. C'était une scène de liesse mais je la vivais comme une ambiance de fond, ballotté de groupe en groupe. On venait me hurler des joyeusetés dans l'oreille, on m'embrassait, on remplissait mon verre. J'étais censé participer à la fête mais s'était déployé une sorte d'hygiaphone autour de moi, à l'abri duquel je souriais quelques approbations. Parfois, je m'étonnais de trouver Audrey si proche, offrant à la ronde les gages de sa candeur. Un instant plus tôt, les dents écrasées sur mes lèvres, c'était la même personne qui avait plongé une main brûlante sous mon pantalon rose. J'espérais qu'il ne s'agissait pas là d'un simple égarement de sa part. En tout cas, ses regards brillants ne trahissaient aucun remords. Elle n'eut pas non plus la moindre attitude pour me dissuader d'espérer un autre épisode.

Bientôt, Salinas prononça une allocution sur le ponton face à la foule, qu'il n'eut pas le temps de finir car des chants s'étaient élevés. Je m'étais approché d'Audrey, décrochée au dernier rang. Le nez dans le parfum de ses cheveux, je caressais son ventre, mais elle interrompit le mouvement descendant de mes doigts. Elle avait raison, ça ne rimait à rien d'aller nous enfermer dans une salle de bains, pas plus que de nous mettre au lit pendant la fête du siècle. Salinas fut propulsé dans le lac. Tout ça dégénéra en une baignade assez généralisée au moment où le feu d'artifice fut tiré de la Corne de Vache.

Plus tard, on se perdit de vue, Audrey et moi, un malentendu de gens trop pressés de continuer la bringue. Sous l'impulsion de Richard et Myriam, nous étions partis en convoi chez les Rust avec une partie de la troupe, et une erreur d'aiguillage empêcha que les autres nous suivissent. À la bergerie, Rick avait sorti des magnums, et Travnik fournissait des pilules euphorisantes. Cypress portait une tunique à motifs psychédéliques qui donnait mal à la tête. Je ne l'avais pas encore prise dans mes bras, ce que je fis sans tarder en la serrant le plus fort possible.

« Arrête de me coller comme ça, on va choper des poux ! »

Mais c'était elle qui ne me lâchait pas, une main crochetée à ma taille, l'autre à mon épaule. « Tu fais partie de ceux qui ont toujours cru en moi. Je t'aime ! » *Mist !* Je me remettais à chialer. « Et l'année prochaine, je demande à être inscrite dans le tableau masculin. Je veux leur mettre une branlée à tous ! »

David était là lui aussi, les yeux bouffis, escorté par Marina Jordan. Il m'avait saisi par la nuque pour me communiquer toute la fierté que lui inspirait sa sœur cadette. De ce que j'élucidais des mots qu'il sanglota à mouchoir que veux-tu sur ma joue, il s'avérait qu'il avait mûri, qu'il avait envie de se poser, de construire l'avenir sereinement. « Et puis j'ai l'intention d'acheter ton grand dessin pour le mettre dans le resto. »

La jonction se produisit à Bellerive deux heures plus tard, où nous fûmes une vingtaine de rescapés à voir le soleil se lever dans l'air mauve : Audrey, Marina, Bernard Oxenberg sur les transats, Rachel, Viviane, Gustavo batifolant dans la piscine avec Richard et Loyola qui exécutaient des sauts périlleux. Fayçal et Denise se roulaient des pelles dans le petit bain. Friedman grattait les cordes d'une raquette comme un barjot, sur des gros riffs de death metal en provenance de la villa.

Bientôt, David et Cypress arrivaient à bord du minibus du magasin, au terme d'un raid chez Salinas pour rafler bouteilles et amuse-gueules, ainsi qu'un paquet d'exemplaires du *Carson-Matin* avec Cypress en première page. Audrey ouvrit les bras pour étreindre sa sœur encore une fois.

Je ne sais pas qui eut cette pensée tonitruante mais le projet d'un saut de puce à Besse-Fontana se fomentait. Ce n'était pas assez du minibus, Audrey dut conduire le pick-up, et moi le break en dernier ressort. J'avais eu la sagacité d'immoler un cachet effervescent dans un verre d'eau, et je chaussai mes lunettes de soleil pour affronter les flancs des Rocafrias. Viviane et Loyola ne furent pas longs à s'endormir à l'arrière, Rachel non plus à côté de moi. Il n'y avait plus que Sophie-Noëlle qui mimait son spectacle de danse dans le rétroviseur, et les mouvements de ses bras gélatineux étaient plus vastes que nécessaire.

Là-haut le petit lac fut assailli, les barques mises à l'eau, le jeu consistait en un combat de joute. Ceux qui ne se baignaient pas avaient pris soin de mettre un banquet sur pied. Les plus courageux trouvaient encore la ressource d'ouvrir des bouteilles ou de monter les toiles de tentes. Le soir était revenu, puis la nuit était tombée avec son lot de fraîcheur. Dan Friedman eut l'idée d'allumer un feu de camp, et ce ne fut pas le petit feu lancé à la va-vite, ce fut un vrai château qu'il livra aux flammes de son Zippo doré. De son charme acrobatique, Cypress parodia pour la centième fois le smash raté de Beverley Blanchard, et on se marra pour la centième fois. On rigolait, on rigolait tellement qu'on se tordait. Les premiers cadavres titubaient jusqu'au chalet pour accaparer les chambres. Sous la lune, la montagne ressemblait à un vieil éléphant fissuré. Audrey avait enfilé un collant de lycra, posé ma veste en peau retournée sur ses épaules. Un regard de conspiration suffit pour nous donner rendez-vous sous une tente.

Malgré la claustration, nous réussîmes à nous déshabiller sans quasiment nous quitter des lèvres. Le collant était le plus ennuyeux. J'étais parvenu à dégager les fesses et les cuisses. Pour ne pas m'éloigner de sa bouche, je continuai du pied mais le machin s'entortillait à ses chevilles comme un élastique.

« *Mist !* Tu essayes de te l'enfiler ou quoi ? » souffla-t-elle après quelques secondes calamiteuses.

C'est Audrey qui démêla la situation. Puis elle s'assit sur moi, l'intérieur de ses cuisses me couvrant comme un masque de cellophane, parcelles de peau décalquées sur mon visage, assourdissant mes oreilles, et dont les enzymes accentuaient mon ivresse.

C'était comme si nous ne l'avions jamais fait et pourtant tout me revenait, la texture, le goût, intacts, que je n'avais pas oubliés.

Elle me shampouinait les cheveux si rudement que j'avais l'intuition d'atteindre l'épicentre exact d'une faille.

Tous les soirs, je rejoignais Audrey dans le sanctuaire de sa chambre. Personne ne le savait. Un matin nous l'avions fait dans la piscine, je m'étais retiré in extremis et j'avais vu des petits têtards roucouler entre ses jambes. Elle m'avait expliqué le contexte, quelques heures après notre retour de Besse-Fontana, à l'occasion de l'une de ces discussions charmantes d'après coït : elle ne prenait plus la pilule, une sorte de rejet mêlé de ras-le-bol, de toute façon les derniers mois ça n'avait pas été nécessaire.

Ce paramètre me revenait à l'esprit au moment fatidique, comme à présent, alors que je sentais poindre la satisfaction dans l'écume de sa petite madeleine soyeuse. La journée avait été particulièrement chaude, et la ville entière attendait la nuit pour respirer un peu. J'avais descendu l'escalier à pas de hibou. Tout le monde était couché. Audrey m'attendait comme tous les soirs. Nos peaux étaient pareilles à des ventouses. Je ne percevais qu'à peine le filet de sa plainte, le flottement de sa poitrine lorsque je parvenais à entrouvrir les yeux, le balancement de ses cheveux, expériences en tout point stimulantes. Dehors la rumeur de Carsonville poussait son ronflement, si uniforme qu'il imitait le silence, le seul dont la ville soit capable, chargé de fréquences sourdes. Audrey pesait de son poids pour accentuer la compression, creusant des hanches de petits cercles hypnotiques, ralentissant sa cadence, et c'était le même mouvement en circonvolutions lentes, d'une lenteur étouffante, sans jamais de retour en arrière, prison toujours plus profonde, puis elle bloqua sa respiration, ses cuisses frémissaient. Elle s'immobilisa mais la force de l'inertie continuait d'accumuler de l'énergie en moi. Alors, bravant sa prévention, je cédai à l'emblave. Dès lors, c'était vertigineux, ça devenait dingue. Nous nous placions sous les auspices d'une fécondation, quand bien même nous étions amants depuis quelques jours, quand bien même elle demeurait mariée à un autre.

Il était tard lorsque j'évacuai sa chambre, autour de quatre heures du matin, mais nous étions si décalés qu'il aurait pu être minuit. Je descendis boire un Carson-soda à la cuisine, et je surpris son frère à table, dans la seule lumière du frigo grand ouvert, à crayonner des esquisses pour assouvir ses visions esthétiques. C'étaient encore ses lubies de restaurant. Il avait aussi manucuré quelques notes sur un papier, de son écriture de sismographe. Ces jours-ci, il visitait tout ce que Carson comptait d'entrepôts vides et d'usines désaffectées. Il collectionnait les devis. Au magasin, il n'expédiait que les affaires courantes.

Par ailleurs, il y avait autre chose de singulier. Marina Jordan avait dormi à plusieurs reprises à Bellerive. Je m'étais penché sur le sujet une fois ou deux, et je n'étais pas le seul, la rumeur allait bon train. David n'avait jamais été à ce point sédentaire au plan des sentiments. Il n'avait pas non plus l'habitude de s'afficher avec une femme. On les avait vus s'embrasser à Besse-Fontana, puis en d'autres occasions. D'aucuns prétendaient qu'on n'avait jamais observé carpe et lapin plus mal assortis.

Il se leva pour prélever un soda du frigo, s'en abreuva d'une longue gorgée. Il allait me parler mais parut se souvenir d'un détail et se remit à griffonner, le coude sur une pile de catalogues d'ameublement. Je repartis en sens inverse et tout laissait à penser qu'il ne se souviendrait pas de m'avoir croisé.

Lorsque je retrouvai mes appartements au deuxième, je fus pris d'un regret à peine ma porte refermée, et je redescendis chez Audrey demander mon reste. « Jeff, le jour va bientôt se lever », lâcha-t-elle avec un découragement dont je ne fis cas. Lové derrière elle, un doigt fiché dans l'ourlet de ses lèvres, j'y sentais battre son pouls, tout en lui prodiguant des trucs qu'elle m'avait appris à lui faire des années plus tôt. Puis, sous mes assauts, elle finit par ajouter : « Fais attention cette fois… »

Cette nuit-là fut la première que je consommai dans son lit, et par la suite j'allais m'affranchir de la quitter avant l'aurore, malgré le côté délicieusement suranné de cette précaution. J'avais conscience alors de la précieuse victoire que je remportais.

Le dimanche qui suivit la finale, je me retrouvai seul avec David à Bellerive, l'un et l'autre abasourdis de tout ce calme après des semaines de tumulte. Les filles étaient sorties. Les faits divers semblaient s'apaiser après ces folles journées. Il fut question un moment que David me paye quelques tournées en ville mais nous avions renoncé.

En lieu et place, nous jouâmes longtemps au billard sans beaucoup parler, avec le renfort de quelques tequila-vermouth. Ils n'étaient pas aussi bons que ceux du barman du Country, et pourtant David suivait scrupuleusement la recette sans oublier les copeaux de gingembre ni le zeste de citron vert.

Dans la pénombre du petit salon, la télévision alternait ses reflets multicolores sur l'armoire à fusils de Jerzy Dalen. Je songeais à une réflexion d'Audrey. Elle m'avait confié ses inquiétudes. Le magasin représentait une manne financière grâce à laquelle on se la coulait douce à Bellerive. Il avait pour lui la force de l'habitude. J'avais beau ne pas toujours être très à l'aise avec le train de vie fastueux qu'on menait dans cette famille, je devais reconnaître que c'était confortable, je ne crachais pas dans la soupe. Était-ce une bonne idée de tirer un trait sur notre pompe à fric ? En comparaison, le restaurant était bourré de périls et d'incertitudes.

Je lui posai la question tout à trac et David signa une réponse à côté de la plaque, tout en rentrant sa dernière bille d'une bande magnifique, fruit d'une tentative incertaine et périlleuse.

« Mouais, je suppose. Mais je m'emmerde dans ce magasin. J'en ai ma claque de vendre cette camelote. J'ai envie de vendre du cholestérol à présent, j'ai envie de vendre du gras, du sucre et de la sauce. »

Les billes résonnaient dans la grande maison désincarnée.

« Et j'en ai ma dose du billard, actuellement. »

La télé diffusait un match de hockey, le frigo était vide et l'idée de convoquer un livreur de pizza s'imposa d'elle-même. J'avais tenté de lui dire plusieurs fois pour Audrey et moi, l'occasion me paraissait offerte avec cette soirée entre hommes, tout comme celle de lui parler de sa relation étrange avec Marina.

« Qu'est-ce que tu préfères ? demandai-je. Une saloperie boursouflée de fromage ou une de ces cochonneries avec du chorizo et des verdures ?

— *Mist !* Là tu me poses une colle. C'est comme si tu me demandais de choisir entre une belle femme et un joli compte de résultat, avec un haut de bilan flatteur... »

Saisissant la perche, je lui fis remarquer qu'il semblait s'être rangé, s'agissant des filles. « *Guess*... On dirait que tu as fixé ton choix. »

Il prit le temps de polir une réponse, assis dans le fauteuil de sa mère, un modèle pour grabataire dont il ne cessait de triturer les boutons, et je compris qu'il allait se lancer dans une explication cruciale.

« Il y a quelque chose que tu devrais savoir, Jeff. Quelque chose que tu ne devras jamais répéter à personne. Il faut absolument que j'en cause à quelqu'un. Il n'y a que toi pour ça. C'est terrible. C'est terrible mais il faut que je te le dise.

— Alors, accouche.

— Non, en fait je peux pas te le dire...

— Bon, décide-toi. Si t'as fait une connerie, tu sais que tu peux me parler.

— Elle m'encule.

— Hein ? Comment ça ?

— Marina m'encule, tu vois. Qu'est-ce que tu comprends pas ? »

Il ne me venait que des questions idiotes, j'en sortis une au hasard.

« Depuis quand ?

— Dès le début. Enfin non, pas la fois dans son cabinet, mais les suivantes. »

La fièvre avait modifié son visage. Consumé par la démangeaison de parler, il me décrivit la scène. Marina avait dégainé un cylindre en caoutchouc, David pensait que c'était un jouet, c'est-à-dire un jouet pour les femmes. Il ne la vit pas venir avec sa ceinture autour des reins. Et il comprit à peine ce qui lui arrivait au contact du lubrifiant. Après, c'était monté en flèche et il s'était senti au sommet, sur le point de basculer, pris de panique, mais il n'avait rien tenté pour retenir la descente effroyable dans l'abîme.

« Tu peux pas savoir ce que c'est bon de lâcher prise. Ce dont je raffole, c'est quand j'enfile une petite jupe et qu'elle me prend à quatre pattes. »

Les baies vitrées n'étaient pas assez immenses pour y noyer ma stupéfaction.

Puis il ajouta, sincèrement étonné et heureux : « J'ai jeté ma collection. Tu sais que je possédais le slip de Nancy DeWaard ? Oui, l'année où elle a gagné Carson, celui qu'elle portait le soir de la fête. »

Deux jours plus tard, il y eut de nouveaux troubles. Pourtant la journée avait débuté tout en douceur. Ce matin-là, j'avais déclenché le truc dans la cuisine, tandis qu'Audrey rassemblait sur un plateau les ingrédients d'un petit déjeuner gigantesque. Je m'approchai par-derrière et la caressai sous sa chemise de nuit, du geste arrondi dont on parachève une poterie, puis je la soulevai sur le plan de travail. David était au magasin, Cypress et

Marina dans la piscine. Audrey s'était allongée de façon à surveiller les allées et venues par la fenêtre, sa poitrine en dévers dépassait de la nuisette, et je posais pour ma part un œil sur le salon. La cafetière se mit à siffler sur le gaz, puis le grille-pain nous fit sursauter. La vie me paraissait une ressource inépuisable, à jouer sur le vif de mon orgasme, et Audrey dut le sentir car elle eut le rappel à l'ordre dont elle était coutumière.

Mais soudain elle se redressa vivement, et je reculai en devinant la raison de son geste. Elle n'eut pas le temps de renfiler sa culotte avant que David déboule dans la cuisine, le journal à la main. Il balança le *Carson-Matin* sur le plan de travail, à quelques centimètres de l'empreinte des fesses de sa sœur dont la moiteur se dissipait sous mes yeux.

La photo en une montrait Beverley Blanchard au moment où elle expédiait son smash piteux dans le filet. Il y avait ce gros titre : « La finale truquée ? », sous lequel apparaissait le nom de Norbert Morshwiller.

David enrageait. « Ah le baiseur de mère ! Je suis pas près de leur reprendre des réclames, ça tu peux en être sûr… »

Maintenant nous étions deux à nous pencher sur le journal, et David eut le discernement de couper le feu sous le café. L'article ne répondait pas à la question posée, ce n'était qu'un verbiage stérile au moyen duquel Morshwiller pointait les contingences du match :

la deuxième manche où Beverley Blanchard avait donné toute latitude à Cypress de rattraper son retard, le comportement désinvolte de la starlette, ce fameux point final en forme de gag. Je reconnaissais bien la patte de Norbert et son goût pour les chicanes affligeantes. Sa controverse ne tenait pas debout, sauf qu'il y avait toujours des gens en ville pour accorder un fond de crédit à n'importe quoi, des imbéciles pour se passionner de la possibilité d'une conspiration.

J'avais déjà remarqué qu'Audrey lisait à toute vitesse ; aussi elle fut la première à lever les yeux, évacuant le soupir bruyant de celle qui est atterrée par la sottise humaine. Marina et Cypress débarquaient à leur tour. La première déclara qu'elle adorait la photo. La seconde eut un rire de dédain en parcourant les colonnes et ce n'était pas un rire forcé. C'était une réaction gorgée d'une saine jovialité moqueuse.

« Laissez tomber. Ce mec est vraiment un trou du cul saignant. »

C'est vrai qu'il n'y avait pas d'autres mots. Ils eurent pour effet de prononcer la dispersion générale. Cypress à la douche, David au magasin, Marina au cabinet, Audrey avait sa fille au bout du fil. Quant à moi, ce n'est qu'après une tasse de café que j'acceptai d'ouvrir les yeux sur cette journée, affalé sur un transat.

Plus tard, Cypress et moi nous disputâmes quelques points de ping-pong. Elle avait ressuscité une vieille table à l'agonie dans une remise. Ce jeu avait toujours un aspect récréatif, bien que très vite crispant pour les nerfs, surtout avec Cypress qui ne pouvait pas se contenter de renvoyer les balles, il fallait qu'elle se déchaîne. Dans ces conditions, où était le plaisir de jouer ?

Côté tennis, elle avait repris l'entraînement. Elle continuait de travailler, sur le court et en salle de vidéo, s'inspirant de ses moments les plus séduisants du tournoi. On sentait que son talent allait durer et progresser, qu'elle irait plus loin.

Lorsqu'elle fila au Country Club, j'entrepris de ranger la cuisine, laver la vaisselle. Je ne cherchais pas à cacher cette appétence pour les fonctions domestiques. À Bellerive, ils me traitaient de maniaque. La vérité était qu'il n'y avait que moi ou presque pour m'emparer de ces fondamentaux du quotidien. À l'occasion, j'aimais aussi regarder à travers le hublot le linge tourbillonner dans la mousse, mais cela je ne le criais pas sur les toits.

En maillot de bain sur la terrasse, Audrey téléphonait depuis une heure à son adjoint, et de ce que je captais par la fenêtre ouverte ils décortiquaient les travaux d'un groupe de climatologues. Je finis par sortir. Rachel n'était pas chez elle. Dommage, je voulais lui parler de Fred, évaluer le potentiel d'une réconciliation. Elle n'était plus avec le kiné, m'avait-on laissé entendre. Je tenais ça de Richard, qui le savait par Viviane. Tant pis, je poussai mon excursion du côté de Pin-Bleu sans elle. Et j'allais aboutir à la cascade lorsque Myriam m'appela.

« T'es au courant ? jappa-t-elle. David l'a croisé à vélo. Il lui a carrément foncé dessus. Il en a fait de la bouillie.

— Hein ? Qui ça ?

— Morshwiller bien sûr ! Qui d'autre ?

— Comment ça ? Il l'a écrasé ? *Trash !* Il lui a roulé dessus ?

— Mais non, enfin. Suis un peu, Jeff, j'apprécierais. C'est David qui était à vélo. *Mist !* Il s'est jeté sur lui, il a cassé la fenêtre pour l'extirper de sa petite voiture grotesque. »

Je n'avais pas attendu la fin de cette conversation pour faire demi-tour et foncer au magasin. Enfermé dans son bureau, climatisation lancée à pleine vapeur, Dalen consultait les annonces immobilières avec des clics impulsifs.

« C'est très exagéré. Premièrement, la vitre était ouverte. »

Il espérait que Norbert porte plainte pour qu'un procès rétablisse les faits, sinon c'est lui-même qui demanderait réparation pour diffamation. L'instant d'après, il s'en foutait. Il ne parvenait pas à trouver le bâtiment de ses rêves, voilà ce qui le tracassait réellement.

« Enfin, j'ai encore une visite dans une demi-heure. J'attends Marina, on va voir ça ensemble. »

Et justement, sa silhouette de lévrier se mouvait sur les écrans de contrôle du magasin, dont elle foulait les allées de moquette.

« Je regrette de ne pas l'avoir foutu au lac, ce rascal, lui et sa bagnole pourrie. *Trash !* Il n'a pas un rédacteur en chef ? Qui est en charge dans ce canard merdique ?

— On se le demande… Ah, il peut être fier de lui, ce bouffeur de merde. »

Cela énoncé, j'avais filé en direction de la vieille ville pour m'infuser ce qui allait se révéler être un long tête-à-tête avec Morshwiller.

« Tu peux être fier de toi, Norbert. Toi qui voulais mettre le bordel… »

Il recevait en robe de chambre boulochée, pommettes maquillées au cambouis, plaie infectée à l'oreille. Une estafilade cicatrisait doucement sur sa joue. Les préjudices étaient spectaculaires mais ce n'était pas si méchant, à en croire la fille des urgences.

Avant de le rejoindre au salon, j'avais pris la liberté d'inspecter son frigo pour lui éviter tout mouvement inutile : il avait épargné un Carson-soda, ce qui dénotait une bonne intention.

« Assieds-toi, tu payeras pas plus cher…

— Oui, je sais, tu me l'as déjà faite. »

Un exemplaire du *Carson-Matin* traînait sur la table où il travaillait, parmi le désordre de sa documentation qui formait des piles inégales autour de l'ordinateur.

« Comment ils t'ont laissé sortir une énormité pareille ? Tu n'as pas un boss ? Un rédacteur en chef ?

— Eh bien, il faut croire que tout le monde ne tient pas les Dalenkovitch dans son cœur. Et puis ça fait vendre du papier. Les patrons ne sont pas difficiles à convaincre dans ces cas-là. N'oublie pas que dans leurs têtes, quelques petites insinuations gratuites valent mieux qu'une enquête fastidieuse. Surtout lorsque les faits sont difficiles à prouver. Note que j'aurais aussi pu attaquer sous l'angle du dopage, mais tous les joueurs prennent des trucs, alors...

— Il y a quand même quelque chose qui m'échappe. À quoi ça t'avance de tout piétiner comme ça ?

— Oh ! je ne sais pas... J'avais envie d'être un peu polisson. C'est agaçant à la fin, quand tout le monde nage dans la félicité. »

Ses poumons recyclaient l'air avec fracas. Mais c'est avec un sourire douloureux qu'il exprimait le gai bien-être que produisait sur lui la situation.

« Je ne suis peut-être pas doué pour mettre des gnons, mais ce n'est pas la peur d'en ramasser qui m'arrête. J'aime ça, vivre dangereusement. Enfin, heureusement que j'avais une paire de lunettes de rechange... »

Au fond, il était satisfait de son allure de mauvais garçon incorrigible. Même ses petits yeux embusqués cherchaient à se rebeller contre la correction de ses verres.

« Pour ton oreille. Désolé. T'auras qu'à m'envoyer la note du bijoutier.

— Oui, et aussi celle du teinturier. Avec tes âneries, j'ai perdu deux litres d'hémoglobine sur mon imper.

— Tu devrais prendre un peu de repos maintenant. Je sais pas, fais du sport. Mange de la végétation. Pense à ta santé.

— Oh ! j'en ai cure, de ma santé. »

Depuis quelques semaines, cet individu sans défense se présentait sous un jour qui érodait peu à peu mon aversion à son égard, voilà la vérité. Au-delà de cette considération, le spectre était grand ouvert entre le génie et la débilité. Mais je n'étais pas totalement sûr qu'il ait totalement tort, au sujet du match truqué comme du reste. Encore et toujours, il y avait ce contrat passé pour saccager son deux-pièces qui me dissuadait de tirer un trait définitif sur la possibilité que Morsh soit le lanceur d'alerte qu'il prétendait incarner. Après tout, Gross-Patrick pouvait bien en être le commanditaire.

Je n'en finirais jamais de tergiverser là-dessus. J'avais failli m'en ouvrir auprès de David, dans son bureau tout à l'heure, avant d'y renoncer. Ce n'était pas le moment, ni l'endroit. À la place, je lui avais dévoilé que je couchais avec sa sœur. Il n'en fut pas étonné. Il ne me demanda pas laquelle. Il se contenta de me préciser qu'il avait pigé l'astuce, connaissant la maison par cœur, ils se causaient elle et lui, de manière télépathique, avant de rajouter qu'Audrey allait me détruire, il tenait à me le dire même s'il savait que je ne l'écouterais pas, ce à quoi j'avais opposé un rire un peu jaune avant de lui répondre de me lâcher la grappe.

« Tu ne peux pas t'empêcher de penser qu'oncle Norbert a peut-être bien mis dans le mille, hein Cannon ? »

Morshwiller branlait sa grosse tête aux paupières lasses, lézardée d'un sourire cynique à la limite de l'incrimination. Je l'incitai à poursuivre d'un haussement de sourcils.

« Je sais que les Gross-Patrick ont pesé sur DeWaard en demie. Ils avaient un moyen de pression sur elle, je sais pas quoi, un truc hypergênant. Pour la finale, je n'ai pas d'évidences, seulement des soupçons. À l'origine ils s'en foutaient du tableau féminin, ils misaient tout sur Travnik. Si tu te rappelles, il a gagné ses premiers matchs en perdant quatre ou cinq jeux de moyenne. Sauf que Joe Black a refusé la monnaie. Ils l'ont menacé, mais ça n'a eu pour effet que de fouetter son orgueil.

— Juste une question. À quoi ça leur servirait ?

— C'est politique. Affichage politique. »

Je cernais le concept dans un coin de ma tête, mais je préférais qu'il m'explique pour mieux me convaincre.

« Cette victoire, c'est à mettre au crédit de Gross-Patrick. Son image y est associée. Que tu le veuilles ou non, Cannon. Il a ramené la coupe à la maison autant que Cypress Dalen. »

D'un coup de reins, il se remit à son aise dans son fauteuil à fond de paille, avec une lampe spot fixée à l'un des accoudoirs, qu'il alluma soudain, et dont la lumière décalquait sa silhouette trapue sur l'ombre, comme pour un interrogatoire qu'il s'auto-infligeait.

« Vous me faites marrer, toi et ta bande de joyeux quelques-uns. Vous vous grattez le nombril, candides comme des oies blanches. Vous vous regardez le sexe. Vous claquez votre fric. C'est la fête, vous êtes contents. Ce qui se passe autour, vous vous en battez les balles. La misère sociale, les forêts qui brûlent. Ailleurs c'est les tempêtes ou les radiations, les camps de réfugiés, les bateaux qui chavirent. Mais vous continuez sans vous poser de questions. Enfants gâtés que vous êtes. Il y a rien qui vous alarme…

— Eh, Norbert, tu commences à me courir sur la frange. Arrête avec tes leçons, sinon bye-bye. »

Il fut secoué de son rire de basse, les bras croisés sur sa panse, à me regarder par-dessus ses lunettes. Derrière cette simagrée, on ignorait s'il se moquait de lui-même ou s'il dissimulait la mesquinerie qu'autrui lui inspirait. Puis il leva sa main valide pour l'abattre sur sa cuisse, manière de passer tout cela par pertes et profits.

« En tout cas, j'ai bien aimé les majorettes, le soir de la finale. C'est très excitant, ces tenues martiales. Remarque, je les ai trouvées un peu laiteuses, la plupart. »

À propos il réclamait un verre de lait pour ingérer ses anti-inflammatoires, et pendant que j'étais debout, il proposa que je sorte les comestibles du frigo, ainsi qu'il se faisait un peu tard.

« Tant que tu y es, jette aussi un œil à mon évier. Si tu le répares, je t'en dirai plus à propos de mes investigations sur la Carson Compagnie. J'ai des révélations qui devraient t'intéresser...

— Allons bon, qu'est-ce qu'il a ton évier ? »

Il fuyait.

« T'as des outils ?

— Dans le placard à droite. Tu verras, c'est une mine d'or. »

Sans blaguer, il ne détenait qu'une boîte de clous et un tournevis tordu. Mais j'avais ce qu'il fallait dans le break et je résolus le problème en trois coups de pince, en souvenir de mes vieilles années de dépanneur. Quoi qu'il en dise, un plombier aimera toujours à se rencogner dans un placard pour rendre service.

Il faudrait que je lui remplace la vitre de sa bibliothèque à l'occasion, notai-je en m'asseyant au salon, devant le guéridon où il avait dressé le pique-nique.

« Je t'écoute. Ton enquête, tes révélations...

— Minute, j'ai aussi mes antalgiques à la poudre d'opium. Rien ne presse. »

De fait, il absorbait de studieuses gorgées de lait. « Tu es incroyable. Laisse-moi une chance de me soigner, j'apprécierais. C'est deux gélules, trois fois par jour. »

Une demi-heure plus tard, je connaissais l'essentiel. Avec son camarade mathématicien, ils avaient découvert une constellation de comptes anonymes associés à presque autant de sociétés opaques aux activités fictives. Les deux compères étaient en mesure de prouver le lien entre ces coquilles bidon et la dynastie Gross-Patrick. En vertu de ce dispositif tentaculaire, une partie des profits générés par les différentes branches de la Carson Compagnie rejoignaient des endroits paradisiaques à fiscalité nulle. Cette astuce permettait de contourner toutes sortes de prélèvements : impôts sur les bénéfices, taxes sur les dividendes, les royalties, les plus-values... Grâce à cette mécanique, on pouvait blanchir la monnaie pour la réintégrer dans le circuit. Des sommes gigantesques échappaient au fisc. Une cagnotte colossale. À huit zéros par an.

« Note qu'ils font pareil avec leurs revenus personnels, tout est placé offshore pour éviter les impôts sur la fortune ou les droits de succession.

— Dis donc, on dirait que tu le tiens, ton brûlot.

— *Guess*... Sauf que ce processus d'évasion n'est pas illégal. Ils appellent ça de l'optimisation. Ça revient à violer l'esprit de la loi, c'est malhonnête, mais ils te répondront que ça prouve qu'ils sont malins… »

Qu'est-ce qui clochait chez lui ? Sans doute qu'il possédait beaucoup d'intelligence mais ne savait pas s'en servir.

« Alors c'est ça ton scoop, Bernie ? Dénoncer des trucs légaux ? Est-ce que tu vas me coller un procès si je traverse sur les clous ? »

Il eut son rire sec, expulsé des narines. Ses petits yeux écarquillés luisaient comme des truffes.

« J'adore ton humour, Cannon… Tu me tueras toujours… »

Il retira ses lunettes pour s'essuyer les yeux, puis se fit glisser un filet de hareng dans son double menton piqué de barbe à la repousse.

« Ce qu'il faut que tu comprennes, c'est que, au-delà de ce qui est permis ou pas, des milliardaires comme Gross-Patrick considèrent que les paradis fiscaux sont souhaitables. Qu'il s'agit d'une donnée positive car ils freinent l'opulence de l'État en le sevrant de ressources. Parce que, pour eux, l'État c'est l'ennemi. Pour eux, il n'existe rien que le gouvernement puisse régler mieux que le libre-échange. Pour ces gens-là, il n'y a pas de société. La solidarité, la redistribution, la sphère publique et l'intérêt général, ça constitue des obstacles à leur liberté individuelle. Les réglementations, idem. La notion de destin commun n'existe pas. Ils veulent tout garder pour eux, ils ne veulent pas partager. Alors, même s'ils sont légaux, il faut dénoncer leurs numéros d'illusionnistes. Parce que les ultrariches sont en train de faire dissidence avec le reste de l'humanité. Ça peut te sembler barbant mais c'est la vérité.

« Je vais même t'en dire plus. Avec ce fric qu'ils arrachent à la collectivité, les pointures du style de Gross-Patrick s'emparent de boîtes à droite à gauche, pas cher, pour les revendre dix fois leur valeur. Des raffineries, des fabriques de casseroles, des chaînes de fast-food, tout ce que tu veux. C'est prouvé. Et ça aussi c'est légal.

— Et c'est quoi l'intérêt ?

— L'intérêt, c'est de gagner encore plus de pognon. Ils ont des amis dans les grandes entreprises d'État ou les banques fédérales, des pions qui rachètent ce qu'on leur dit de racheter. C'est juste une technique occulte pour transférer de l'argent public sur des comptes privés. »

Morshwiller avait poursuivi sa démonstration, une minisaucisse à mi-chemin de sa bouche. Grâce aux listings, il remontait d'autres pistes, ne désespérant pas d'enfin déterrer un truc vraiment irrégulier dans la nébuleuse de la Carson Compagnie. « Je finirai par trouver, c'est là sous mes yeux. Je ferai plonger les Gross-Patrick. Je les aurai un jour. Ils paieront pour l'ensemble de leur œuvre et pour tous ceux de leur race. »

Il était cinglé, tout militait pour cette version. J'avais consulté Rachel à ce propos. Forte de son expérience en milieu psychiatrique, elle m'avait donné la définition d'un paranoïaque : Norbert était reçu à l'examen. Et pourtant, je ne pouvais me défendre d'un élan d'affection pour lui, grosse peluche avec le bras en écharpe, chemise tachée de sang brun dans l'encolure de la robe de chambre. Il en devenait touchant dans sa croisade contre cette famille que l'on retrouvait toujours à la croisée des chemins, dont j'avais eu à connaître de près ou de loin l'emprise délétère qu'elle étendait sur la ville. En dernier ressort, rien n'excluait que le journaliste soit sur le point de mettre en évidence un scandale politico-financier d'envergure. Mais ce soir-là je n'avais de place dans mon cerveau que pour Audrey qui devait m'attendre ; il me semblait que nous n'avions pas terminé ce que nous avions entrepris le matin même sur le meuble de cuisine, par la faute de Norbert précisément.

« Bon, je vais te laisser. Tu m'excuses, il est tard.

— Ah oui ? Oh, pas tant que ça. »

La déception chagrine repeignait son visage, comme une vieille personne qui doit retourner dans le sarcophage de la solitude.

« Tu dois penser que je parle comme un livre. Mais si tu veux une illustration concrète, venons-en à tes copains les Dalenkovitch. Quel est le montage qui leur a permis d'hériter du patrimoine parental sans déperdition ? Oh !

c'est probablement le père Salinas qui s'est occupé de ça, l'ami de la famille, le compagnon de route du vieux Jerzy. Ce n'est pas un petit joueur lui non plus, il fait des merveilles avec son cabinet de conseil, renseigne-toi si ça t'intéresse… »

Il fallait l'interrompre, sous peine de passer la nuit dans le deux-pièces morose. Je me levai, le saluai d'un geste, sans que cela le conduise à se taire.

« Et ton ex-fiancée, elle est bien gentille, et puis elle cause bien lorsqu'elle parade pour sa petite fondation… »

J'ouvris la porte d'entrée, et il continuait de pérorer du salon.

« Mais tout ça, c'est sans doute aussi avec le fric des Gross-Patrick, d'une façon ou d'une autre. Sous ses airs incorruptibles, elle n'est pas la dernière à profiter de l'argent sale, gagné en perpétrant ce contre quoi elle lutte précisément : dérégulation, atteintes à l'environnement, trafics suspects et tout le tralala… »

Rick et Myriam avaient réuni toute la bande à la bergerie pour célébrer les premiers pas de Thea, et puis ça coïncidait avec l'anniversaire de Rachel. Il y eut un peu de fête, quelques bouteilles et des cocktails. Certains avaient même songé aux cadeaux.

« Désolé. Tu sais que j'en fais jamais de toute façon. »

Je l'avais serrée fort dans mes bras. Rachel entrait dans les dernières années de sa beauté juvénile. Bientôt elle passerait dans autre chose, une autre forme de beauté, laissant sa prime jeunesse derrière elle, comme un bagage qu'on n'est pas autorisé à emporter. Je m'en souviendrais toujours comme de cette petite fille de Palissade-Ouest qui venait me sonner sur son vélo pour aller à l'école avec un cartable énorme sur le dos.

« Fred n'a pas oublié de m'appeler, lui. Il veut revenir. *Trash !* Vous ne doutez de rien, les mecs… »

Pour l'occasion, j'avais récidivé avec une fournée de petits cakes à la carotte, dont j'avais sublimé la couleur d'une belle mesure de curcuma, et Audrey expliquait à l'assemblée tout le bien qu'elle pensait de ces gourmandises.

« Comment tu appelles ça déjà ?

— Hein, quoi ? Oh, je sais plus.

— Allez Jeff, ne joue pas les modestes.

— Non, mais il y a pas de nom. C'est juste des petits cakes à la carotte. »

Il ne manquait que David, à propos duquel Cypress déclara qu'il avait trouvé un entrepôt dans Nueva Carson, une vieille distillerie désaffectée appartenant aux Gross-Patrick, dont il avait l'intention de conserver les graffitis sur les murs porteurs. Au passage, la championne investissait la moitié de ses gains dans le projet.

Dalen m'en avait informé la veille, avant de me demander de plancher sur sa carte des desserts pour laquelle il voulait que je prévoie six ou sept créations originales, avec une rotation saisonnière. Nous courions alors tous les deux sur les pilotis de Promenade, c'était le matin d'une journée classique et les deltaplanes maraudaient déjà comme des condors, ou alors c'étaient des parapentes, je ne savais jamais de quoi il retournait au juste, et personne ne m'avait convaincu d'une réelle différence. L'instant d'après, David insistait pour que je m'implique dans le restaurant d'une manière ou d'une autre : pâtissier, chef de salle, à moins que je ne préfère un poste affecté à l'entretien et la maintenance.

Plutôt que de répondre à son offre, je l'avais mis sur le gril de mes questions sur la Carson Compagnie, reformulant à ma sauce la rhétorique de Norbert. Peut-être que je devenais parano, peut-être que j'avais chopé la même maladie que ces demeurés qui voient des complots partout, mais il y avait tout de même un paquet d'éléments louches qui s'accumulaient pour donner raison au reporter. Ou alors c'était Morsh qui déteignait sur moi.

« Regarde, Jeff. Je fais un chèque tous les ans pour le tournoi. Mes relations avec Gross-Patrick s'arrêtent là…

— Un chèque en échange de quoi ?

— En échange de quoi. En échange de rien. *Mist !* Enfin, comment crois-tu qu'on n'est que trois magasins de sport en ville ? Pourquoi tu crois qu'on n'est pas six ou sept à se partager le gâteau ? À un moment il faut se salir les bottes. C'est le système, tu vois, c'est partout pareil. Je donne aussi un coup de main financièrement pour les campagnes, dans la mesure de mes moyens, dans la limite de la réglementation. Tout le monde fait ça. Partout dans le pays. Partout sur la planète. Et ce que fait la Carson Compagnie avec ses écritures, c'est seulement de l'ingénierie financière. Morshwiller se fourre le doigt dans l'œil s'il pense inquiéter Gross-Patrick.

— Et Salinas, à quoi il joue ?

— Dahl, c'est pareil. Charité bien ordonnée… Montre-moi un type un peu friqué qui paye des impôts, et je te montrerai un imbécile… Si tu voyais sa fiche de paye, tu constaterais qu'il gagne moins que toi chez Vidal. Il manipule la nature juridique de ses revenus pour échapper aux taxes. Sa boîte réalise son chiffre d'affaires à Carson, mais il délocalise son bénéfice brut en achetant des prestations bidon à l'une ou l'autre de ses filiales dans un paradis quelconque… »

Je n'étais guère plus avancé. Je ne sais pas quelle variante je préférais, entre celle de Dalen et celle de Morshwiller. Leurs versions se ressemblaient pour décrire des trucs pas terribles, qu'à vrai dire je ne cherchais pas davantage à éclaircir ce soir-là chez les Rust. Pour cela, il aurait fallu que je rassemble mes idées. Je ne pensais pas y être prêt. Ça me bassinait tout ça, le pouvoir, l'économie, le débat d'idées, sachant que c'était perdu d'avance.

Nous flottions sur la terrasse, tout en détente, avec une température extérieure qui fléchissait légèrement. J'avais choisi un siège de jardin ultraconfort, dont j'exploitais les capacités d'inclinaison au maximum. Audrey discutait en face avec Denise et Fayçal, j'avais une perspective très apaisante sur ses jambes nues, c'était un tableau très doux, assez innocent en définitive, une scène dont le charme m'emplissait d'un sentiment de sérénité. Il n'y en avait pas deux comme moi pour s'attirer les sympathies du bonheur ; un verre à la main, je parvenais à ne penser à rien, et surtout pas aux incertitudes de l'avenir.

Ma parole, c'est le moment que choisit Myriam pour me servir le genre de ragot dont elle avait le secret : Machin et Machine venaient d'arriver en ville, lui patronnait l'agence immobilière en face de la supérette, sa femme ouvrait une boutique de fringues, avec cette manie idiote qu'ont les débutantes de toujours surstocker. Je l'écoutais distraitement, moins concentré sur sa voix que sur ses mains qui battaient la mesure, et de temps en temps je la faisais répéter, pour simuler mon intérêt autant que pour la fatiguer.

« Ils y connaissent que dalle au business, que dalle à Carsonville, elle joue à la marchande et lui au vendeur de maisons. Tu verras que dans les trois mois ils auront mis la clé sous la porte… »

À portée d'oreille, Dan Friedman surjouait justement les charmes d'un pavillon de Palissade à Viviane et Bruno, un bien magnifique qu'il venait de rentrer dans sa propre agence, et je remarquai qu'il avait commis l'imprudence de laisser son Zippo sur une table, à proximité de la fameuse tourte au poulet que Myriam concoctait en toute circonstance, et dont Richard déglutissait une copieuse part, s'en collant plein la moustache. « Mon petit miel, ta tourte est délicieuse. »

Je profitai de sa diversion pour m'éloigner dans la prairie, avec Rachel à mes basques qui brûlait de me parler de Fred.

« Il a l'air sincère. Je crois que j'arrive à le comprendre. Je ne sais pas. Il est peut-être temps d'arrêter les conneries. À quoi ça servirait de faire semblant d'être bafouée ? »

Cannizzio m'avait raconté lui laisser de longs messages sur le répondeur. Elle ne rappelait jamais, mais lorsqu'il allait chercher les enfants, il constatait que la situation dégelait doucement.

Rachel m'étreignit les mains avant d'ajouter : « Jeff, ça fait des semaines qu'il vit dans une caravane sans l'eau courante… »

Je n'avais pas à me prononcer, mais j'affichai la mimique de celui qui se range à l'évidence. Puis je fis mine de ramasser une pierre et balançai le Zippo doré le plus loin que je pus dans la pente.

La nouvelle arriva le surlendemain. Dan Friedman était placé en état d'arrestation, inculpé sous le chef d'accusation d'incendie criminel. On l'avait interpellé à proximité d'un départ de feu, en quasi-flagrant délit, puis les autorités avaient découvert des preuves physiques attestant de sa présence sur différentes scènes de crime, présence étayée des recoupements liés à son téléphone.

Nous apprenions tous avec stupeur que son plaisir était de rôder des matinées entières sur les routes des Rocafrias, en solitaire, allumant des foyers dans les broussailles dès qu'un endroit lui semblait digne d'intérêt. Puis d'admirer le résultat de ses exploits au journal du soir.

Dans l'après-midi, je déboîtai par la supérette et je tombai sur Myriam, occupée à vérifier ses dates limites. Elle sortait de chez le coiffeur, avec des bouclettes de mémère qui la vieillissaient d'un demi-siècle.

« Qu'est-ce que tu en penses ? Tu peux être franc, je ne suis pas aveugle.

— Oh, ça change… »

Elle eut de la main un geste d'agacement pour prévenir tout développement et se replongea dans sa mise en rayon. À l'écouter, on imputait à Daniel Friedman la disparition de plusieurs dizaines d'hectares. Il risquait huit ans de prison. Je n'en fis pas profession mais j'espérais qu'il n'en sorte pas à moins de trois ou quatre. L'épicière conclut que Sophie-Noëlle était totalement abattue de cette catastrophe qui lui tombait dessus.

« On le serait à moins », me confirma Audrey au petit matin, alors que je la conduisais vers l'aéroport à travers la ville encore vide, après avoir chargé ses deux valises dans le coffre du break.

Les feux de l'aurore éclairaient la tour Gross-Patrick au loin. Un voile de pollution flottait au-dessus du lac, faisant du ciel un tiroir à double fond. Comme un clin d'œil de mon passé de plombier, j'aperçus une camionnette jaune citron stationnée sur Constitution, tandis que les feux tricolores œuvraient sans faille dans l'atmosphère stérile.

Il n'avait pas été question d'une date de retour. La seule information dont je disposais était contenue dans ce constat sorti de nulle part qu'Audrey avait lâché, tard la veille, sous la forme d'une phrase assez alambiquée.

« Je ne sais pas trop… Je ne sais pas si ce qu'on a fait ne ressemble pas à une bêtise…

— Oh, j'en ai fait de bien pires dans ma vie. »

Nous étions dans sa chambre, après l'amour, une tablette de chocolat posée entre nous, elle à demi assise, calée contre un gros oreiller, les yeux posés sur le mur d'en face, la seule lumière provenant de sa lampe de chevet, sur sa gauche. Je ne voyais de son visage que son profil droit, maintenu dans la pénombre par l'écran que faisait sa tête entre la lampe et moi, comme une métaphore du système solaire, sauf que les planètes ne bougeaient pas.

Je restais muet, à ressentir des choses. Il aurait sans doute fallu parler. Mais c'était prendre le risque de réveiller de vieux sujets, des souvenirs blessants ou des vérités qui ne méritaient que d'être tues. Je manquais de courage, et de lucidité aussi, je m'en rendais à peu près compte. Alors on parlerait plus tard, on aurait tout le temps de parler. À cet instant je voulais seulement être à côté d'elle.

Et maintenant sa chambre était déserte, aussi impersonnelle qu'une chambre d'hôpital, rapprochement corroboré par le lit au cordeau. Et cette fois je ne trouvai pas la moindre chemise de nuit dans les placards aseptisés. Peu importe, je savais qu'elle reviendrait. Sa vie était à Carson-city. Il fallait lui donner le temps de se retourner, mettre ses affaires en ordre.

Il était neuf heures lorsque Myriam m'appela à la rescousse, pour me dire que Richard avait disparu. À l'en croire, une scène de ménage était survenue. Ils s'étaient crêpé le cuir chevelu la veille au soir. Rusty avait claqué la porte. Depuis il ne répondait pas au téléphone.

« Il est nulle part où je puisse le trouver. Il a fugué. *Mist !* Je me sens terriblement concernée.

— Attends. Calme-toi. Et arrête de parler de lui comme d'un ado.

— Mais aussi… Si vous n'aviez pas cette influence désastreuse sur lui, toi et Fred. »

J'aurais pu l'injurier, elle le méritait, j'en avais la légitimité me semblait-il, et pourtant je raccrochai sans rien ajouter. Les minutes qui suivirent, il me vint des tonnes de réparties, et je regrettai de ne pas avoir eu la vivacité de les lui jeter à la figure.

C'était le grand vide dans la maison revisitée par l'absence, aussi vacante qu'à l'issue d'un déménagement. Ce blanc brutal redoublait mon cafard. C'était une journée où tout semblait stagner, où l'on sentait que rien ne se produirait, toutes choses condamnées à se répéter comme elles doivent le faire. Je débarrassai la table de la cuisine – Cypress n'avait jamais la présence d'esprit de jeter ses oranges pressées à la poubelle, au mieux elle les laissait dans l'évier – puis je profitai du calme pour dessiner. J'avais rapporté mes paquets à Bellerive, avec Rick à la fin du tournoi, usant une dernière fois de la limousine, dont ma console à dessin que nous avions entreposée dans la verrière. Il me restait à peaufiner les derniers détails du panorama, labeur qui pouvait se concevoir en étant privé de la vue sur la ville.

Cela tenait de la vertu incidente : ma cousine avait réussi l'exploit de reléguer Audrey au second plan de mes obsessions, par la violence du ressentiment que m'inspirait sa conduite. Je l'aurais baffée.

Je n'avais pas bougé de la verrière lorsqu'elle retéléphona trois ou quatre heures plus tard. Mon dessin était terminé. Il n'y avait plus qu'à mettre un titre en bas à gauche. Carsonville.

Myriam se trouvait au comble de l'anxiété. Richard n'était toujours pas rentré. Elle hésitait à prévenir la police.

« Non, laisse, je m'occupe de le chercher. Mais qu'est-ce que t'as fait aussi ?

— On s'est engueulés, c'est vrai. Il m'agaçait… Je l'ai rossé. Je suppose que je pensais que… Peut-être que j'y suis allée un peu fort…

— T'inquiète. Je vais le trouver. Je crois que j'arrive à me mettre à sa place, à réfléchir comme lui. »

En fin d'après-midi, j'enclenchai la marche avant, le break s'ébranla, vaillant malgré son âge. Cet engin de collection n'était peut-être plus dans ses meilleures années mais il constituait un valeureux compagnon de route. Pour varier, je longeai la rive nord jusqu'à la plage de Patte d'Ours, avant de remonter par la cascade de Pin-Bleu. Je partais sur les traces de Richard Rust. Je suivais sa piste dans le soleil couchant. J'avais la sensation d'être un chasseur de prime.

C'est à la caravane de Fred, dans une cluse près du col du Cavalier-Blessé, au bout d'une petite route qui n'était plus concrète, que je le localisai. Je l'aurais parié, tellement que j'avais anticipé sur l'achat d'un pack de Carson.

Ils avaient déjà siphonné force bouteilles de bière, installés près du ruisseau avec leurs cannes à pêche, à écouter de la musique de campagne. Le coin ne manquait pas de charme. C'était beau, cet endroit. Ces paysages inspiraient la mélancolie, mais une belle mélancolie, sous l'effet d'une lumière rasante, qui déposait un éclairage fauve et presque brûlant en apparence.

Je pris la peine de leur dresser à chacun un compte rendu de leurs déboires conjugaux. Fred marquait des points, à mon avis Rachel ne tarderait pas à répondre au téléphone. Quant à Rick, de furibonde, sa femme alternait désormais la détresse et les regrets. Dans l'affolement, elle avait fait la tournée des hôpitaux.

« Elle m'emmerde à japper tout le temps. Traite-moi de menteur si elle sait faire autrement que de japper. Tout ça pour une coupe de cheveux.

— Jusque-là je l'ai dissuadée d'appeler les flics, mais ça va pas durer. »

Il fut ému de la savoir paniquée au point d'alerter le marshal. D'après ses interprétations psychologiques, c'était l'épicerie qui rendait Myriam revêche, d'être enfermée toute la journée, remplir les rayons, passer l'autolaveuse, subir les jérémiades des clients, il s'en foutait des coups de casserole, ça ne faisait même pas mal.

Nous étions partis pour refaire le monde, assis sur des pierres rondes. Cannizzio avait sorti des boîtes de raviolis que nous avalions froids. Puis il mit des truites à griller sur son feu de camp. On était là, tranquilles, comme des vieux Lynx. À se faire tourner un paquet de marshmallows. En T-shirt, les casquettes à l'envers. À lancer des blagues de sexualité. À raconter des histoires idiotes, plaisanter de manière déconstruite. Fred qualifia la moustache de Rick de cancer de la lèvre. On se marrait.

« Bon, je vais me rentrer, je suis crevé.

— Allez, reste, tu seras crevé un autre jour. »

Je les accompagnai le temps d'une autre bière, par solidarité. La petite caravane s'effaçait peu à peu dans l'obscurité, tout comme la pile de pneus usagés à la lisière du terrain. J'étais rincé. J'accusais la fatigue après les dernières nuits en pointillé avec Audrey. Et puis j'attendais de ses nouvelles qui ne venaient pas, pourtant mon téléphone captait, preuve en était les appels incessants de Morsh. Ça devait être grave, pour qu'il ne laisse pas de message.

Norbert voulait qu'on se voie sans délai, ses mots me parvenaient à travers une purée épaisse qui semblait être celle d'une salle de café bondée. Il n'osait plus rentrer chez lui, il était terrorisé, il s'estimait en danger de mort.

Au snack-bar d'Indépendance où il m'avait donné rendez-vous, on ne voyait que lui dans son imper froissé, dégustant fiévreusement un panaché au comptoir.

Il m'expliqua avoir déniché une longue liste de commissions occultes versées à la Carson Compagnie par différentes figures de la ville. Des gros bonnets du bâtiment, des caïds de l'immobilier et de la fourniture d'énergie. Qu'on retrouvait pour certains parmi les titulaires des commandes publiques de l'administration municipale. Une partie du fric arrosait les comptes de campagne du gouverneur et les lobbys dévoués à la majorité sénatoriale. Une autre fraction alimentait des satellites tels Gross-Patrick Events qui portait l'open de tennis ou encore Carson Caritas qui soutenait les bonnes œuvres conservatrices.

« Cette fois il ne s'agit plus d'une vulgaire évasion fiscale. Il y a de quoi conduire Gross-Patrick au pénitencier. J'ai aussi mis au jour deux prêts publics jamais remboursés. »

Il chuchotait, et pourtant le mec du bar vidait son lave-vaisselle avec un bruit innommable.

« Je reçois des appels anonymes, des numéros masqués. Ils me parlent mais je ne comprends rien. On dirait que la voix est dissimulée par un tissu.

— Tu devrais te placer sous protection de la police fédérale.

— *Trash !* C'est tous des pourris. »

J'ignorais dans quelles proportions il en faisait des caisses, ou s'il était véritablement halluciné, mais il donnait les gages de celui qui a dormi plusieurs nuits dans son linge de corps.

« Je change de motel tous les jours. Je ne retourne plus chez moi. J'ai peur qu'ils viennent. Comme au collège. Me faire une bite au cirage. J'ai peur qu'ils reviennent m'enfoncer un manche à balai dans l'anus.

— Tu devrais dormir, Bernie. Personne ne te suit, mon vieux. C'est tes cachets à l'opium qui te font voir des fantômes. D'ailleurs ça ne fait pas bon ménage avec ton panaché, tu sais.

— Oh ! ça va, c'est mon premier. »

Il reniflait sous son stetson noir. La morve lui entoilait les poils du nez.

« Tu devrais savoir qu'ils ont réussi à me faire virer du journal. Et ils m'ont mis la voiture à la fourrière pour une broutille. Il y a une plainte pour viol contre moi. Ils vont réussir à me broyer si ça continue. Tu dois m'exfiltrer, Cannon, tu dois m'emmener loin de Carson. »

Voici qu'il se dirigeait vers les sanitaires en claudiquant, le fer d'une botte crissant sur le carrelage, et de dos on aurait cru un gosse avec le manteau de son père. C'est à ce moment que je découvris le message d'Audrey : « Désolée pour tout ça Jeff. Je t'avais prévenu, ma vie n'est pas à Carson. Gardons-nous ce souvenir comme celui d'une histoire de vacances. Je t'embrasse. »

Un rotor d'hélicoptère écrasait tout dans ma tête, lancinants coups de faux que j'anesthésiais en descendant une bouteille d'alcool fort. Mon break borgne défrichait l'obscurité des Rocafrias, c'était pareil que de s'enfoncer en eaux profondes à la lueur d'une lampe torche, et je croyais parfois entendre le chant des baleines en infrasons.

J'étais tellement saoul que la route se mouvait sous mes trajectoires, comme dans ces cauchemars qui ressemblent à des glissements de terrain. Les lignes droites s'égrenaient au ralenti, je me concentrais à stabiliser mon volant, m'efforçant de garder les yeux ouverts, et soudain le virage m'arrivait dessus à vitesse accélérée, je foudroyais la pédale de frein, d'une embardée je corrigeais l'autre.

Je me réveillai au chalet en fin de matinée. Dans la salle de bains, je me collai la tête sous le robinet.

Mes yeux étaient des cernes, mes joues étaient des cernes. Et sous les cernes, je voyais un pauvre type, un pauvre con qui n'avait jamais rien compris. Un idiot qu'on roulait dans la farine. Un mariole à peine solvable, pas crédible, la petite frappe qui détournait du matériel de plomberie. J'étais le gars du coin qui n'avait plus son permis, la vieille gloire du hockey local fossilisée dans son bled natal, persuadé d'habiter le plus bel endroit du monde. Rien de neuf en somme, mais ça faisait quand même mal au bide lorsqu'on avait à s'en souvenir brutalement.

En bas dans la cuisine, je me remplis un pichet d'eau, que je bus debout à la fenêtre. Il n'y avait pas d'autre message sur mon téléphone. Je voyais Morshwiller dehors, pieds nus, arpentant les environs du chalet, du côté de la tache de cendre laissée par le grand feu de joie de Dan Friedman.

Norbert avait pris la peine de garnir le frigo, à en juger par le tas d'emballages dans un carton. Ses petites santiags étaient bien sagement rangées dans le casier à chaussures. Non loin, mes yeux tombèrent sur mon précis de géologie des Rocafrias, et cinq minutes plus tard j'en étais encore à m'acharner contre lui à coups de pied, après l'avoir fracassé plusieurs fois contre le mur.

Morsh avait préparé des œufs frits tandis que je me douchais, puis il n'eut de cesse de me remercier l'après-midi durant. Plus tard, il me glissa un bras autour du cou avec affection, alors que nous nous adonnions à des parties de dominos en buvant de la bière. Il n'y avait que mes yeux pour guider mes gestes, pièce après pièce, tandis que mon cerveau brûlé me ramenait toujours à Audrey, de manière désordonnée, ou plutôt je m'efforçais d'éloigner le sujet, sans y parvenir très longtemps, un cil rivé sur mon téléphone. Morsh aussi consultait le sien, guettant les effets de ses révélations sur les réseaux, toujours déçu mais décrétant chaque fois que rien ne se produirait avant que les données soient recoupées.

Je m'en impatientais moi aussi. J'aurais tiré un petit plaisir mauvais, une piètre consolation de perdant, à voir les Gross-Patrick traînés dans la boue, tout de suite et maintenant. Était-ce dû à la désillusion, à la claque que je venais de prendre en pleine figure, je ne mettais plus en doute les convictions du journaliste. Soudain je voulais croire que Norbert touchait au but qu'il poursuivait depuis une éternité, sortir les poubelles de la Carson Compagnie sur la place publique. Juste récompense pour ce gratte-papier chétif, détruit par de vieux sévices, qui n'avait pas ménagé son abnégation dans son enquête solitaire, puisant sa force dans la certitude d'avoir raison contre tous les autres, faisant fi des moqueries et des intimidations, et dont le panache était dérisoire face au monstre qu'il entendait renverser. À ce compte-là, je ne l'avais pas expatrié au chalet pour du beurre. Et il ne pourrait pas revenir à Carsonville de sitôt, il fallait plutôt envisager pour lui une sortie définitive.

Cela me frappa des heures plus tard, alors que Morshwiller me souhaitait bonne nuit au seuil de ma chambre, une goutte d'urine tachant le pantalon de son pyjama. Il fallait que je me barre moi aussi. J'avais fait le tour de mes possibilités. Cypress remportait un tournoi, son frère vendait un magasin de sport et montait un restaurant, les Rust s'installaient dans une bergerie pour y élever leur bébé, bientôt les Cannizzio se remettraient ensemble après leurs incartades. Tandis que moi, je m'épuisais dans l'immobilité, comme un nageur à contre-courant. Ou peut-être que je gaspillais autant d'énergie à espérer du changement qu'à lui résister. Alors qu'est-ce que j'avais à gagner en restant dans cet endroit, sinon me faire entretenir par les Dalen et jouer le maître d'hôtel à Bellerive ? Carsonville m'était comme un grand château aux ouvertures closes. J'avais poussé quelques portes, pas toujours des choix merveilleux, et maintenant je comprenais que les plus rusés passaient par les fenêtres. J'ouvrais les yeux brutalement sur le sentiment de m'être fait posséder par cette ville, d'avoir cru en ses promesses et d'en avoir été trompé. Mais aussi, j'avais toujours été très fort pour me faire larguer, c'était un peu ma spécialité.

Nous avions roulé une partie de la journée plein ouest, à nous éloigner dans les Rocafrias jusqu'à franchir la ligne de partage des eaux puis basculer sur l'autre versant. La route n'était qu'un fil d'asphalte à travers une longue rythmique de replis schisteux et de fossés d'effondrement, morphologie dite en horsts et grabens que l'on datait généralement du cénozoïque.

Norbert se taisait, contemplant le paysage à travers la vitre ouverte, ne dérogeant au silence que par les onomatopées de son estomac ou le déclic de son gros appareil photo. Puis il s'était assoupi, la tête contre le carreau, son Reflex en bandoulière. Je ne savais pas s'il prenait ça pour des vacances ou autre chose.

Des heures étaient passées sans qu'il ne voie rien du bassin sédimentaire que nous coupions pied au plancher, ni des panneaux qui mentionnaient parfois une frontière. Carsonville était déjà loin, j'avais la prescience de m'en éloigner irrémédiablement, de lui être infidèle, d'être parti sur un coup de tête ; je ne sais pas, j'imaginais qu'on me supplierait de revenir. Puis ce fut le lac infini de la nuit, les villes à l'horizon, jetées comme des tas de parpaings, tapis de braises dans les champs noirs sous lesquels devaient se blottir des vies entières. Je ne parvenais pas à me figurer comment cela fonctionnait, ce décor abstrait semblait une maquette où n'apparaissait nulle infrastructure. Enfin, m'est avis qu'ils avaient besoin de plombiers, ici aussi.

Au lever du jour nous émergions au milieu d'hectares de forêts avec du brouillard accroché dans les hautes branches. L'haleine moite de l'aurore venait lécher le pare-brise du break, notre odyssée perdue lui arrachait des bruits décrivant le surmenage. Il faudrait ravitailler sous peu. Surgi tel un mirage dans la brume, un grand poste à essence futuriste nous en fournit l'occasion. Je m'occupai du fuel, puis je retrouvai Morsh devant les machines à café, grattant d'une main sous le buisson de son brushing. « On a bien circulé, hein ? J'ai l'impression que ça me réussit, la cavale. »

Nous observions le va-et-vient des clients, dans la violente luminosité de l'aube. Bien qu'à l'abri des baies vitrées, on sentait le souffle d'un camion lorsqu'il s'en présentait un. Norbert lapait son café bruyamment. Je pensais à l'avalanche, à mes parents, je n'avais jamais su si le choc les avait tués, ou plutôt l'étouffement. Gamin, je n'avais jamais osé poser la question. Je pensais à ces jouets en caoutchouc dans lesquels mon père et ma mère s'incarnaient pour moi, souriant avec ostentation sur les sièges du break. J'aurais voulu être à nouveau ce gosse endormi à l'arrière, que le père emportait dans ses bras jusqu'à son lit, le réveillant à peine, juste assez. Ou être ce père moi-même.

La fille de la caisse trônait au sommet d'une muraille multicolore de produits sucrés, avec un serre-tête rose à oreilles de souris. Lorsque Norbert s'en approcha pour se procurer une collation, je me dirigeai vers les lavabos. Il me sembla pisser des heures, ainsi qu'on peut en rêver parfois la nuit. De mon jet, je hachais une boule de papier dans le fond de la cuvette, hypnotisé par le bouillonnement. Je tentais d'éveiller en moi la sensation d'aller chercher fortune, comme certains le pratiquaient autrefois, embarquant à l'entrepont des paquebots, la fortune que j'aurais dû cueillir au sein des équipes de hockey qui me convoitaient, il y a quelques années, avec un peu d'audace.

Je crois avoir toujours eu la crainte de me faire entraîner dans une vie qui n'était pas la mienne.

Je repris le volant malgré la fatigue. J'avais hésité à planter Norbert dans la station-service, et ce serait sans doute pour la prochaine. J'avais envie de continuer seul, je ne savais pas où aller mais ne voulais pas d'un témoin de ce que j'avais été jusque-là. Je franchissais peut-être le seuil le plus critique de mon histoire personnelle. Il fallait que je trouve un point de chute, il fallait que je me refasse. La fin du film était pathétique, mais il y avait toujours mon nom au générique.

Mort accidentelle de deux Carsonvillers

Un de nos confrères est décédé dans un accident de la circulation en début de semaine. Norbert Morshwiller était bien connu de nos lecteurs pour avoir longtemps incarné la rubrique des sports de son style unique, avant que diverses dissensions ne l'éloignent de la rédaction.

Le conducteur de la voiture n'était autre que Jeff Cannon, capitaine de la grande équipe des Lynx qu'il a menée à la victoire à deux reprises en ligue universitaire.

On se souvient que les deux défunts avaient perdu des proches dans la terrible avalanche qui endeuilla Carsonville.

S.-N.F.

Extrait du *Carson-Matin* du 4 juillet

Ce roman a pris pour source documentaire un ouvrage intitulé *Le Triomphe de l'injustice. Richesse, évasion fiscale et démocratie* (Seuil, 2020). Merci à ses auteurs, Emmanuel Saez et Gabriel Zucman, ainsi qu'à Denis Robert dont plusieurs livres ont également nourri la toile de fond économico-financière développée dans ces pages, en particulier *La Domination du monde* (Julliard, 2006) et *Les Prédateurs. Des milliardaires contre l'État* (Cherche midi, 2018), coécrit avec Catherine Le Gall.

Composé et édité par HarperCollins France.

Achevé d'imprimer en juillet 2021.

FIRMIN-DIDOT

à Mesnil-sur-l'Estrée (Eure)

Dépôt légal : août 2021.

Pour limiter l'empreinte environnementale de ses livres, HarperCollins France s'engage à n'utiliser que du papier fabriqué à partir de bois provenant de forêts gérées durablement et de manière responsable.

Imprimé en France